dtv

Ob Toulouse-Lautrec davon träumt, daß er lange Beine hat und mit Jane Avril Cancan tanzen kann, der 15jährige Stevenson davon, daß er auf einer Südseeinsel das Buch ›Die Schatzinsel‹ findet, oder ob Goya im Traum versucht, die Schreckensbilder seiner späteren Jahre allesamt mit dem Pinsel zu vertreiben – nach dem Motto »Jedem sein eigener Traum« erfindet Tabucchi für seine illustren Lieblingsgestalten aus Musik, bildender Kunst, Literatur und Geschichte die entsprechenden Traumgebilde. Stets wird der Kern eines Lebens angesprochen, aber eben in der Manier eines Traums: immer leicht schräg, immer indirekt. Durch den Kontrast mit den Lebensgeschichten der Träumenden verlieren die literarischen Luftgespinste ihre Harmlosigkeit und werden zu Interpretationen der Biographien – eine wahre Prophetie ihrer Zukunft.

Antonio Tabucchi, am 23. September 1943 in Vecchiano bei Pisa geboren, promovierte an der Universität Pisa in moderner Literatur. Er war Ordinarius für portugiesische Sprache und Literatur an der Universität Genua, Leiter des italienischen Kulturinstituts in Lissabon und lehrt derzeit an der Universität Siena. Seine Werke wurden mit zahlreichen Preisen ausgezeichnet.

Antonio Tabucchi

Träume von Träumen

Aus dem Italienischen von
Karin Fleischanderl

Deutscher Taschenbuch Verlag

Ungekürzte Ausgabe
August 2000
2. Auflage Februar 2006
Deutscher Taschenbuch Verlag GmbH & Co. KG,
München
www.dtv.de
Lizenzausgabe mit Genehmigung des Carl Hanser Verlags

Titel der italienischen Originalausgabe:
›Sogni di sogni‹
(Sellerio editore, Palermo 1992)

Umschlagkonzept: Balk & Brumshagen
Umschlaggestaltung: Stephanie Weischer unter Verwendung
einer Fotografie von © gettyimages/Hulton Archive
Satz: Satz für Satz. Barbara Reischmann, Leutkirch
Gesetzt aus der Adobe Garamond
Druck und Bindung: Druckerei C. H. Beck, Nördlingen
Gedruckt auf säurefreiem, chlorfrei gebleichtem Papier
Printed in Germany
ISBN-13: 978-3-423-13422-4
ISBN-10: 3-423-13422-4

Meiner Tochter Teresa,
die mir das Heft
geschenkt hat,
in dem dieses Buch entstanden ist.

Unter dem Mandelbaum deiner Frau, wenn im August zum erstenmal der Mond hinter dem Haus aufgeht, wirst du, sofern die Götter lächeln, die Träume eines anderen träumen können.

Altes chinesisches Lied

Vorbemerkung

Ich habe oft das Bedürfnis verspürt zu erfahren, was die Künstler, die ich liebe, geträumt haben. Leider haben uns die, von denen in diesem Buch die Rede ist, nichts von den nächtlichen Streifzügen ihres Geistes erzählt. Die Versuchung, Abhilfe zu schaffen und das Verlorene mit Hilfe der Literatur zu ersetzen, ist groß. Freilich ist mir bewußt, daß die Erzählungen in diesem Buch, die ein Ersatz für andere sein sollen und die sich jemand hat einfallen lassen, der unbekannten Träumen nachtrauert, nur armselige Vermutungen sind, blasse Illusionen, unglaubwürdige Substitute. Als solche sollen sie gelesen werden, und die Seelen meiner Personen, die jetzt im Jenseits träumen, bitte ich, Nachsicht zu üben gegenüber ihrem armen Nachfahren.

A. T.

Der Traum des Dädalus, Architekt und Flieger

Eines Nachts vor Tausenden von Jahren, in einer Zeit, die sich nicht genau bestimmen läßt, hatte der Architekt und Flieger Dädalus einen Traum.

Er träumte, er befände sich im Inneren eines riesigen Palastes und ginge einen Gang entlang. Der Gang führte auf einen anderen Gang, und Dädalus, der müde und verwirrt war, stützte sich beim Gehen an den Wänden ab. Als er am Ende des Gangs angelangt war, stand er in einem kleinen achteckigen Saal, von dem acht Gänge wegführten. Dädalus begann nach Atem zu ringen und verspürte den Wunsch nach frischer Luft. Er betrat einen der Gänge, aber der endete vor einer Wand. Er betrat einen anderen, doch auch der endete vor einer Wand. Siebenmal versuchte es Dädalus, und beim achtenmal betrat er schließlich einen sehr langen Gang, der nach einer Reihe von Kurven und Ecken auf einen anderen Gang führte. Da setzte sich Dädalus auf eine Marmorstufe und dachte nach. An den Wänden des Gangs befanden sich brennende Fackeln, die blaue Fresken mit Vögeln und Blumen beleuchteten.

Nur ich kann wissen, wie man hier hinausgelangt, sagte sich Dädalus, und ich erinnere mich nicht. Er zog seine Sandalen aus und begann barfuß über den grünen Marmorboden zu gehen. Um sich Mut zu machen, begann er ein altes Lied zu singen, das er als Kind von einer alten Magd gelernt hatte, die ihn in ihren Armen gewiegt hatte. Auf dem langen Gang mit seinen Arkaden hallte seine Stimme als zehnfaches Echo wider.

Nur ich kann wissen, wie man hier hinausgelangt, sagte sich Dädalus, und ich erinnere mich nicht.

In diesem Augenblick trat er in einen großen runden Saal, auf dessen Wandfresken groteske Landschaften zu sehen waren. An diesen Saal erinnerte er sich, aber er wußte nicht, warum er sich an ihn erinnerte. Hier standen mit kostbaren Stoffen bezogene Stühle, und in der Mitte des Zimmers befand sich ein breites Bett. Am Rand des Bettes saß ein schlanker Mann, der jung und gelenkig wirkte. Und dieser Mann hatte den Kopf eines Stiers. Er hielt den Kopf in den Händen und schluchzte. Dädalus ging zu ihm hin und legte ihm die Hand auf die Schulter. Warum weinst du? fragte er ihn. Der Mann hob den Kopf und blickte ihn mit seinen Tieraugen an. Ich weine, weil ich in den Mond verliebt bin, sagte er, ich habe ihn ein einziges Mal gesehen, als Kind, als ich an ein Fenster trat, aber ich kann nicht zu ihm, weil ich in diesem Palast eingesperrt bin. Ich wäre schon zufrieden, wenn ich mich nachts auf einer Wiese ausstrecken und mich von seinen Strahlen küssen lassen könnte, aber ich bin in diesem Palast eingesperrt, seit meiner Kindheit bin ich in diesem Palast eingesperrt. Und er begann wieder zu weinen.

Da schnürte es Dädalus die Kehle zusammen, und das Herz schlug heftig in seiner Brust. Ich werde dir helfen, hier herauszukommen, sagte er.

Der Tiermensch hob aufs neue den Kopf und sah ihn mit seinen Kuhaugen an. In diesem Zimmer sind zwei Türen, sagte er, und an jeder Tür steht ein Wächter. Eine Tür führt in die Freiheit und die andere in den Tod. Ein Wächter sagt immer die Wahrheit, und der andere lügt. Aber ich weiß weder, welcher Wächter die Wahrheit sagt und welcher lügt, noch, welche Tür in die Freiheit führt und welche in den Tod.

Folge mir, sagte Dädalus, komm mit.

Er ging zu einem der Wächter und fragte ihn: Welche Tür führt deinem Kollegen zufolge in die Freiheit? Und dann ging er durch die andere Tür. Denn wenn er den Wächter gefragt hätte, der immer log, hätte dieser das Gegenteil der wahren Aussage seines Kollegen gesagt und ihm die Tür zum Schafott gezeigt; wenn er hingegen den aufrichtigen Wächter gefragt hätte, hätte ihm dieser die falsche Antwort seines Kollegen unverändert wiedergegeben und ihm die Tür gezeigt, die in den Tod führte.

Sie traten durch diese Tür und gingen aufs neue durch einen langen Gang. Der Gang stieg an und führte zu einem Dachgarten, von dem aus man auf die Lichter einer unbekannten Stadt blickte.

Jetzt erinnerte sich Dädalus, und er war glücklich, daß er sich erinnerte. Unter den Büschen hatte er Federn und Wachs versteckt. Das hatte er für sich getan, um aus dem Palast fliehen zu können. Aus diesen Federn und diesem Wachs baute er geschickt ein Paar Flügel und befestigte sie am Rücken des Tiermenschen. Dann führte er ihn an den Rand des Dachgartens und sprach zu ihm.

Die Nacht ist lang, sagte er, der Mond zeigt sein Gesicht und wartet auf dich, du kannst zu ihm fliegen.

Der Tiermensch drehte sich zu ihm um und sah ihn mit seinen sanften Tieraugen an. Danke, sagte er.

Los, sagte Dädalus und gab ihm einen Schubs. Er betrachtete den Tiermenschen, der sich mit ausladenden Armbewegungen in der Nacht entfernte und zum Mond flog. Und er flog und flog.

Der Traum des Ovidius Publius Naso, Dichter und Höfling

In einer Januarnacht im Jahr 16 nach Christus, einer kalten und stürmischen Nacht in Tomi am Schwarzen Meer, träumte der Dichter und Höfling Publius Ovidius Naso, er sei ein Dichter geworden, der vom Kaiser geliebt wurde. Und als solcher hatte er sich durch ein göttliches Wunder in einen großen Schmetterling verwandelt.

Er war ein riesiger Schmetterling, groß wie ein Mensch, mit gewaltigen gelben und blauen Flügeln. Und mit seinen Augen, ungeheuer großen, kugelrunden Schmetterlingsaugen, überblickte er den ganzen Horizont.

Man hatte ihn auf einen goldenen Wagen gehoben, eigens für ihn zugerüstet, und drei weiße Pferdepaare zogen ihn nach Rom. Er versuchte zu stehen, aber seine zarten Beine vermochten nicht das Gewicht der Flügel zu tragen, und so war er gezwungen, sich hin und wieder in die Kissen zurückzulehnen, während seine Beine in der Luft zappelten. An den Beinen trug er orientalische Bänder und Kettchen, die er stolz der applaudierenden Menge zeigte.

Als sie an den Toren Roms angelangt waren, stemmte sich Ovid mühevoll aus den Kissen hoch und legte sich unter Zuhilfenahme seiner zuckenden Beine einen Lorbeerkranz aufs Haupt.

Die Menge jubelte, und viele knieten vor ihm nieder, weil sie ihn für eine asiatische Gottheit hielten. Da wollte Ovid sie darauf hinweisen, daß er Ovid war, und begann zu sprechen. Aber aus seinem Mund drang ein merkwürdiges Zischen, ein schriller, unerträglicher Pfeifton, der die Menge zwang, sich die Ohren mit den Händen zuzuhalten.

Hört ihr nicht meinen Gesang? schrie Ovid. Das ist der Gesang des Dichters Ovid, dessen, der die Kunst des Liebens gelehrt hat, der von Kurtisanen und Schminke erzählt hat, von Wundern und Metamorphosen!

Aber seine Stimme war ein gleichförmiges Pfeifen, und die Menge wich vor den Pferden zurück. Schließlich gelangten sie zum Kaiserpalast, und Ovid stieg unbeholfen die Treppe hinauf, die ihn zum Cäsaren führte.

Der Kaiser erwartete ihn auf seinem Thron und trank Wein aus einem Krug. Laß hören, was du für mich gedichtet hast, sagte der Cäsar.

Ovid hatte ein kurzes manieriertes Gedicht geschrieben, das aus geschmeidigen, geistreichen Versen bestand, die den Cäsaren erfreuen würden. Aber wie sollte er sie vortragen, dachte er, wenn er nur das Pfeifen eines Insekts hervorbrachte? Und da beschloß er, dem Cäsaren seine Verse mit Hilfe von Gesten mitzuteilen, und er begann, sachte seine majestätischen bunten Flügel zu bewegen und auf diese Weise ein wunderbares, exotisches Ballett aufzuführen. Die Vorhänge des Palastes bauschten sich, ein unangenehmer Wind fegte durch die Räume, und der Cäsar warf verärgert seinen Krug auf den Boden. Der Cäsar war ein mürrischer Mann, der Bescheidenheit und Männlichkeit schätzte. Er hielt es nicht aus, daß dieses unanständige Insekt vor ihm dieses weibische Ballett aufführte. Er klatschte in die Hände, und die Prätorianer kamen gelaufen.

Soldaten, sagte der Cäsar, schneidet ihm die Flügel ab. Die Soldaten zogen das Schwert aus der Scheide und schnitten Ovid die Flügel ab, so sorgfältig, als ob sie einen Baum beschnitten. Die Flügel fielen wie flaumige Federn zu Boden, und Ovid begriff, daß sein Leben in diesem Augenblick zu Ende ging. Angetrieben von einer Kraft, die, wie er spürte, sein Schicksal war, machte er kehrt und ging auf seinen schrecklichen Beinen schwankend auf die Terrasse des Palastes zurück. Unter ihm befand sich eine rasende Menge, die seine sterblichen Überreste forderte, eine gierige Menge, die ihn mit wütenden Händen erwartete.

Und dann tänzelte Ovid die Treppe des Palastes hinab.

Der Traum des Lucius Apuleius, Schriftsteller und Zauberer

In einer Oktobernacht 165 nach Christus hatte der Schriftsteller und Zauberer Lucius Apuleius in der Stadt Karthago einen Traum. Er träumte, er befände sich eines Abends in einem Städtchen Numidiens; es war ein glühendheißer afrikanischer Sommer, und er ging in der Nähe des Haupttors der Stadt spazieren, als plötzlich Lachen und Geschrei seine Aufmerksamkeit erregten. Er ging durch das Tor, und in der Nähe der roten Lehmmauern erblickte er eine Gruppe von Gauklern, die eine Vorstellung gaben. Ein halbnackter Akrobat, dessen Körper mit Bleiweiß eingerieben war, balancierte auf einem Seil und tat so, als würde er gleich herunterfallen. Die Menge lachte und bangte, und die Hunde bellten. Dann verlor der Akrobat das Gleichgewicht, konnte sich jedoch mit einer Hand am Seil festhalten und blieb hängen. Die Menge stieß einen Schreckensschrei aus und applaudierte dann zufrieden. Die Gaukler drehten an einer Winde, mit deren Hilfe das Seil gespannt wurde, und der Akrobat glitt, Grimassen schneidend, zu Boden. Ein Pfeifenspieler trat in das Rund aus gestampfter Erde, das vom Feuerschein erhellt wurde, und begann eine orientalisch klingende Musik zu spielen.

Und da stieg aus einem Wagen eine mit Schleiern verhüllte Frau mit üppigem Busen, die eine Peitsche in der Hand hielt. Die Frau kam näher, knallte mit der Peitsche in der Luft und schlang sie sich um den Körper. Es war eine dunkelhaarige Frau mit tiefen Ringen unter den Augen, und sie schwitzte so sehr, daß ihr die Schminke über die Wangen lief.

Apuleius wäre am liebsten gegangen, aber eine geheimnisvolle Kraft zwang ihn, zu bleiben und diese Frau anzustarren. Die Trommeln wurden geschlagen, zuerst langsam, dann wie rasend, und in diesem Augenblick kamen unter der Zeltplane, wo sich die Tiere befanden, vier gewaltige weiße Pferde und ein armer müder Esel hervor. Die Tänzerin knallte mit der Peitsche, und die Pferde bäumten sich auf, bevor sie rasch im Kreis zu laufen begannen. Der Esel legte sich etwas abseits, neben den Affenkäfigen, nieder und verjagte mit dem Schwanz träge die Fliegen. Die Tänzerin knallte wieder mit der Peitsche, und die Pferde blieben stehen und knieten nieder, wobei sie ein langgezogenes Wiehern ausstießen. Mit einer Gewandtheit, die man ihr angesichts ihrer Körperfülle nicht zugetraut hätte, machte die Frau einen Satz und begann, mit je einem Fuß auf einem Pferd stehend, mit gespreizten Beinen aufrecht zu reiten. Dabei bewegte sie den Griff der Peitsche vor ihrem Bauch obszön auf und ab, während die Menge vor Vergnügen aufstöhnte. Da hielten die Trommeln inne, und der müde Esel drehte sich auf den Rücken, als würde er einem unsichtbaren Befehl gehorchen, streckte die

Beine in die Höhe und bot dem Publikum seinen erigierten Penis dar. Die Frau drehte sich im Kreis und schrie, nur die, die in klingender Münze zahlten, dürften sich das Spektakel weiterhin ansehen, und zwei als Wächter verkleidete Gaukler, die eine Peitsche trugen, verscheuchten die Kinder und die Bettler.

Apuleius war plötzlich allein, im Kreis der wenigen Übriggebliebenen. Er zog zwei Silbermünzen aus seiner Börse, bezahlte und wandte sich dann dem Spektakel zu. Die Frau packte den Penis des Esels, rieb ihn wollüstig an ihrem Bauch und begann mit schmachtenden Bewegungen zu tanzen, und dabei lüftete sie ihre Schleier, um ihre Reize zur Schau zu stellen. Apuleius ging zu ihr hin und hob die Hand, und da öffnete der Esel das Maul, aber es drangen keine Iah-Schreie heraus, sondern menschliche Worte.

Ich bin Lucius, sagte er. Erkennst du mich nicht?

Welcher Lucius? fragte Apuleius.

Dein Lucius, sagte der Esel, der aus deinen Abenteuern, dein Freund Lucius.

Apuleius blickte sich um, überzeugt, daß die Stimme von irgendwo aus der Nähe kam, aber das Tor der Stadtmauern war bereits geschlossen, die Wachen schliefen, und hinter ihm atmete schweigend die tiefe afrikanische Nacht.

Diese Hexe hat mich verzaubert, sagte der Esel, sie hat mich in diesen Körper eingesperrt, du allein kannst mich befreien, du, der du Schriftsteller und Zauberer bist.

Apuleius sprang zum Feuer und zog ein brennendes Scheit heraus, schrieb ein paar Zeichen in die Luft und sprach die Worte aus, die er, wie er wußte, aussprechen mußte. Die Frau schrie auf, ihr Mund verzog sich voller Abscheu, ihr Gesicht wurde runzelig und war plötzlich das Gesicht einer alten Frau. Dann löste sich die Frau wie durch einen Zauber in Luft auf, und mit ihr verschwanden die Gaukler, die Stadtmauer, die afrikanische Nacht. Plötzlich war es Tag: ein strahlendschöner Tag in Rom, Apuleius spazierte über das Forum, und neben ihm spazierte sein Freund Lucius. Sie unterhielten sich beim Gehen, und dabei beobachteten sie die schönsten Sklavinnen, die über den Markt liefen. Plötzlich blieb Apuleius stehen, hielt Lucius an der Toga fest, sah ihm in die Augen und sagte: Heute nacht hatte ich einen Traum.

Der Traum des Cecco Angiolieri, Dichter und Lästerer

Eines Nachts im Januar 1309 hatte der Dichter und Lästerer Cecco Angiolieri, als er, in einen widerwärtigen Verband eingewickelt, auf einem Strohsack im Lazarett von Siena lag, einen Traum. Er träumte, es wäre ein glühendheißer Sommertag und er ginge am Dom vorbei. Da er wußte, daß es dort kühl war, beschloß er, hineinzugehen, um der Hitze zu entkommen, aber anstatt sich niederzuknien und die Finger ins Weihwasser zu tauchen, kreuzte er sie abergläubisch, denn er fürchtete, der Ort könnte ihm Unglück bringen.

In der ersten Kapelle rechts saß ein Maler und malte eine Madonna. Der Maler war ein junger blonder Mann, er saß auf einem Stuhl mit hoher Rückenlehne, die Palette in den Armen, und ruhte sich aus. Das Tafelbild war beinahe fertig: Es war eine Jungfrau Maria mit schrägen Augen und kaum wahrnehmbarem Lächeln, und auf ihrem Schoß saß das Jesuskind, gebettet in die Falten ihres Gewands. Der Maler grüßte ihn liebenswürdig, und Cecco Angiolieri antwortete mit einem Lachen. Dann betrachtete er das Bild und empfand dabei großes Unbehagen. Der Ausdruck dieser stolzen Dame, die hochmütig auf die

Welt blickte, als würde sie alles Irdische verachten, ärgerte ihn. Es war stärker als er: Er ging zu dem Bild hin, streckte den Arm aus und machte eine obszöne Geste. Der junge Maler sprang vom Stuhl auf und versuchte ihm Einhalt zu gebieten, aber Cecco Angiolieri riß sich wie besessen los und machte auch mit dem linken Arm eine obszöne Geste. Da bewegte die Jungfrau Maria die Augen, als ob es menschliche Augen wären, und warf ihm einen Blick zu, der ihn traf wie ein Blitz. Cecco Angiolieri spürte am ganzen Körper einen merkwürdigen Schauder, er begann zu schrumpfen und kleiner zu werden, er sah, wie sich seine Gliedmaßen mit schwarzem Fell bedeckten, stellte fest, daß zwischen seinen Beinen ein langer Schwanz hervorragte, und versuchte zu schreien, aber anstatt eines Schreis drang ein entsetzliches Miauen aus seinem Mund, und er merkte, wie er da klein und wütend zu Füßen des Malers saß, daß er eine Katze geworden war. Er machte einen Sprung nach vor und einen zurück, als hätte er im ungeheuerlichen Gefängnis seines neuen Körpers den Verstand verloren, knirschte wütend mit den Zähnen und lief wild miauend aus der Kirche hinaus. Inzwischen hatte sich der Abend auf die Piazza gesenkt. Cecco Angiolieri strich zuerst an den Mauern entlang, dann blickte er sich um, um festzustellen, ob jemand auf ihn achtete. Aber die Piazza war fast menschenleer. An der Straßenecke neben einem Gasthaus stand eine Gruppe junger Männer, die aussahen wie Gauner, sie hatten ihre Krüge mit ins Freie genommen und tranken. Cecco Angiolieri beschloß, am Gasthaus vorbeizulaufen, er hatte Hunger, und vielleicht würde er eine Käserinde finden. Er strich an der Wand des Gasthauses entlang und lief an der Tür vorbei, die von zwei Fackeln an den Türpfosten erhellt wurde. In diesem Augenblick rief ihn einer der jungen Männer, er machte mit den Lippen das typische Geräusch, mit dem man Katzen anlockt, und zeigte ihm eine Speckschwarte. Cecco Angiolieri sprang ihm vor die Füße und biß in die Speckschwarte, aber da packten ihn die jungen Männer und trugen ihn mit festem Griff ins Gasthaus. Cecco Angiolieri versuchte zu beißen und zu kratzen, aber die Burschen hielten ihn gut fest: die einen hielten ihm das Maul zu, und die anderen hielten seine Pfoten fest, so daß er sich nicht rühren konnte. Als sie drinnen waren, nahmen die Burschen die Dose mit dem Pech, mit dem die Fackeln angezündet wurden, und schmierten ihm damit sorgfältig das Fell ein. Dann zündeten sie ihn mit einer Fackel an und ließen ihn frei. Cecco Angiolieri, in einen Feuerball verwandelt, schoß schrecklich miauend hinaus, er warf sich gegen die Häusermauern und wälzte sich am Boden, aber das Feuer ging nicht aus. Wie ein Blitz schoß er durch die dunklen Gassen Sienas, die hell wurden, während er durch sie hindurchlief. Er wußte nicht, wohin er laufen sollte, und ließ sich von seinem Instinkt leiten. Er bog um zwei Ecken, lief über drei Straßen, überquerte eine kleine Piazza, lief die Treppe hinauf, gelangte zu einem Palast. Hier wohnte sein Vater.

Cecco Angiolieri lief die Treppe hinauf, an den erschrockenen Dienern vorbei, stürzte in den Speisesaal, wo sein Vater gerade zu Abend aß, und schrie: Mein Vater, ich bin zu Feuer geworden, ich bitte Euch, rettet mich! Und in diesem Augenblick wachte Cecco Angiolieri auf. Die Ärzte nahmen seinen Verband ab, und sein Körper, der von den schrecklichen Wunden des Antoniusfeuers bedeckt war, brannte wie Feuer.

Der Traum des François Villon, Dichter und Übeltäter

Im Morgengrauen des Weihnachtstages 1451 hatte der Dichter und Übeltäter François Villon im Tiefschlaf vor dem Aufwachen einen Traum. Er träumte, es wäre eine Vollmondnacht und er ginge über ödes Heideland. Er blieb stehen, um ein Stück Brot zu essen, das er aus seinem Sack gezogen hatte, und setzte sich auf einen Stein. Er blickte zum Himmel empor und verspürte eine große Sehnsucht. Dann machte er sich wieder auf den Weg und gelangte zu einem Gasthaus. Das Haus war dunkel und still, vielleicht schliefen alle. François Villon klopfte heftig an die Tür, und die Frau des Wirts öffnete ihm.

Was suchst du zu dieser Stunde, Reisender? fragte die Frau des Wirts und leuchtete ihm mit der Laterne ins Gesicht.

Ich suche meinen Bruder, antwortete François Villon. Er wurde zum letztenmal in dieser Gegend gesehen, und ich möchte ihn finden.

Er betrat die finstere Gastwirtschaft, die nur von einem schwachen Feuer erhellt wurde, und setzte sich an einen Tisch.

Er bestellte Hammelfleisch und Wein und wartete. Die Frau des Wirts brachte ihm einen Teller mit gekochten Bohnen und einen Krug Most. Mehr haben wir heute abend nicht, sagte sie, du mußt damit vorliebnehmen, Reisender, denn die Gendarmen laufen hier in der Gegend herum und haben unser ganzes Essen aufgegessen.

Während Villon aß, kam ein alter Mann herein, dessen Gesicht von Lumpen bedeckt war. Es war ein Leprakranker, und er stützte sich auf einen Stock. Villon sah ihn wortlos an. Der Leprakranke setzte sich ans andere Ende des Zimmers, neben das Feuer, und sagte: Man hat mir gesagt, du suchst deinen Bruder.

Villon griff geschwind nach seinem Dolch, doch der Leprakranke gebot ihm mit einer Geste Einhalt. Ich stehe nicht auf der Seite der Gendarmen, sagte er, ich stehe auf der Seite der Übeltäter und kann dich zu deinem Bruder führen. Auf seinen Stock gestützt ging er zur Tür, und Villon folgte ihm. Sie traten in die winterliche Kälte hinaus. Es war eine klare Nacht, und der Schnee auf den Feldern war gefroren. Ringsherum lag ödes, kahles Land, das vom schwarzen Profil bewaldeter Hügel gesäumt wurde. Der Leprakranke schlug einen Weg in Richtung der Hügel ein und schleppte sich mühsam voran. Villon folgte ihm, und sicherheitshalber behielt er den Dolch in der Hand.

Als die Straße anzusteigen begann, blieb der Leprakranke stehen und setzte sich auf einen Stein. Er zog eine Okarina aus seinem Sack und begann eine wehmütige Melodie zu spielen. Hin und wieder unterbrach er sich und sang ein paar Strophen einer

Gaunerballade, in der von Schändungen und von Übeltätern, von Raubzügen und von Gendarmen die Rede war. Villon hörte ihm zu und erschauerte, denn er wußte, daß diese Ballade ihn selbst anging. Und da verspürte er eine Art Angst, die ihm die Eingeweide zusammenschnürte. Aber Angst wovor? Er wußte es nicht, denn er hatte weder Angst vor den Gendarmen noch vor der Dunkelheit und dem Leprakranken. Und er spürte, daß diese Angst eine Art Bedauern, eine Art leichter Schmerz war.

Dann stand der Leprakranke auf, und Villon folgte ihm zum Wald. Als sie beim ersten Baum angelangt waren, sah Villon, daß an einem der Äste ein Gehenkter hing. Die Zunge hing ihm heraus, und der Mond warf ein bläuliches Licht auf die Leiche. Villon kannte ihn nicht und ging weiter. Auch vom Baum daneben baumelte ein Gehenkter, aber auch ihn kannte Villon nicht. Villon blickte um sich und sah, daß der Wald voller Leichen war, die an den Bäumen hingen. Er betrachtete sie unbekümmert der Reihe nach und lief zwischen den im Wind schaukelnden Beinen umher, bis er seinen Bruder gefunden hatte. Mit seinem Dolch schnitt er den Strick durch und legte ihn aufs Gras. Die Leiche war steif, wegen der Totenstarre und wegen der Kälte. Villon küßte ihn auf die Stirn. Und in diesem Augenblick begann die Leiche seines Bruders zu sprechen. Das Leben hier ist voller weißer Schmetterlinge, die auf dich warten, mein Bruder, sagte die Leiche, und es sind lauter Larven.

Villon hob verwirrt den Kopf. Sein Gefährte war verschwunden, und aus dem Wald stieg wie ein großer stummer Trauerchor die Ballade auf, die der Leprakranke sang.

Der Traum des François Rabelais, Schriftsteller und ehemaliger Mönch

Eines Nachts im Februar 1532 hatte der Schriftsteller und ehemalige Mönch François Rabelais im Krankenhaus von Lyon einen Traum. Er schlief in seinem kargen Arztzimmer und hatte sieben Tage Fasten hinter sich, denn obwohl er aus dem Orden ausgetreten war, hielt er die Regeln des Klosterlebens noch immer ein. Er träumte, er säße in der Laube eines Wirtshauses im Périgord und es wäre September. Er saß an einem Ende eines langen, schmalen, mit einem schneeweißen Tuch gedeckten Tisches, auf dem eine Menge Weinkaraffen standen. Am anderen Ende des Tisches war für jemanden gedeckt, aber er wußte nicht, für wen, er wußte nur, daß er warten mußte. Während er wartete, brachte ihm der Wirt einen Teller eingelegte Oliven und einen Krug frischen Most, und er begann zu kosten und den köstlichen bernsteinfarbigen Most zu schlürfen. Plötzlich hörte er das Geklapper von Hufen und sah eine Staubwolke, die auf der Hauptstraße näher kam. Es war eine Kutsche, prächtig wie die eines Königs, mit rotgekleidetem Kutscher und zwei Lakaien, die auf den Trittbrettern standen. Die Kutsche hielt auf der Wiese vor dem Gasthaus an, die Lakaien stießen zweimal ins Horn, dann sprangen sie herunter und breiteten vor der Tür der Kutsche einen roten Teppich aus. Sie nahmen Haltung an und riefen: Seine Majestät Herr Pantagruel, König des Essens und des Weins! François Rabelais stand auf, weil er begriffen hatte, daß sein Tischgenosse angekommen war. Dieser schritt inzwischen majestätisch über den roten Teppich, den die Lakaien vor seinen Füßen ausbreiteten. Er war ein riesengroßer Mann, der sich beim Gehen den Bauch hielt, einen dicken Bauch, der so groß war wie ein aufgeblasener Balg und nach links und rechts hüpfte. Ein dichter schwarzer Bart umrahmte sein Gesicht, und auf dem Kopf trug er einen großen, breitkrempigen Hut. Seine Majestät Herr Pantagruel verzog den Mund zu einem herzlichen Lächeln, krempelte die Ärmel seines königlichen Gewands hoch und setzte sich ans andere Ende des Tisches. Der Wirt kam, gefolgt von zwei Dienern, die eine dampfende Suppenschüssel trugen, und begann zu servieren. Suppe aus Gerste, Weizen und Bohnen, verkündete er beim Servieren, etwa Leichtes, um den Magen anzuregen. Seine Majestät Herr Pantagruel band sich eine Serviette um den Hals, die so groß war wie ein Laken, und machte François Rabelais ein Zeichen, er dürfe anfangen. Es war eine Getreidesuppe, in der Lorbeerblätter und Knoblauchzehen schwammen, ein kleines, feines Gericht. François Rabelais aß mit Appetit einen Teller Suppe, während Seine Majestät Herr Pantagruel die Schüssel zu sich heranzog und die Suppe, nachdem er wohlerzogen um Erlaubnis gebeten hatte, direkt daraus trank. Inzwischen brachten die Diener noch mehr Speisen, und der Wirt häufte beflissen die Teller voll. Diesmal waren es gefüllte Gänse. François Rabelais bekam zwei, Seine Majestät Herr Pantagruel neunzehn. Wirt, sagte der gewaltige Tischgenosse, du mußt mich lehren, wie man diese Gänse zubereitet, ich will es meinem Koch sagen. Der Wirt glättete sich den mächtigen Schnurrbart, räusperte sich und sagte: Zuerst nimmt man eine schöne Portion Sauerkraut und läßt es vier oder fünf Minuten lang kochen. Dann zerläßt man das Gänsefett und brät darin das Kraut, Speck, Wacholderbeeren, Nelken, Salz und Pfeffer und gehackte Zwiebeln und läßt das Ganze drei Stunden schmoren. Dann gibt man Schinken und die kleingehackten Gänselebern hinzu und bindet den Brei mit Brotkrumen. Mit dieser Farce füllt man die Gänse und schiebt sie für ungefähr eine Dreiviertelstunde in den Ofen. Wenn die Gänse halb durch sind, darf man nicht vergessen, das brutzelnde Fett abzuschöpfen und über die Farce zu gießen, und schon ist das Essen fertig. Bei dieser Beschreibung hatte François Rabelais wieder Appetit bekommen, und offensichtlich auch sein Tischgenosse, der sich mit seiner riesigen Zunge den Schnurrbart leckte und schließlich fragte: Und was bringst du uns jetzt, Wirt? Der Wirt klatschte in die Hände, und die Diener kamen mit dampfenden Tabletts gelaufen. Kapaune in Zwetschgenschnaps und Perlhühner mit Roquefort, sagte der Wirt mit Genugtuung und begann zu servieren. Mit neuem Elan stürzte sich François Rabelais auf einen Kapaun und auf ein Perlhuhn, während Seine Majestät Herr Pantagruel ein Dutzend davon verschlang. Ich weiß nicht warum, sagte Seine Majestät Herr Pantagruel, aber meiner Meinung nach würde zu diesen Kapaunen Hirnsauce gut passen, was meinen Sie, mein lieber Tischgenosse? François Rabelais nickte, und der Wirt klatschte in die Hände, als hätte er nichts anderes erwartet. Die Diener brachten zwei Tabletts voller Hirnsauce. Seine Majestät Herr Pantagruel schmierte den Inhalt eines Tabletts auf ein ein Meter langes Brot, und während er den Kapaun aß, biß er gewaltige Stücke davon ab, so daß er es in zwei Minuten aufgegessen hatte. Als sie fertig waren, bat der Wirt um Erlaubnis, das schmutzige Geschirr abräumen zu dürfen, und fragte: Was würden die Herren zu etwas Wildschwein nach Jägerart sagen, oder ziehen sie gespickte und gebratene Hasenfilets vor? Um die Wahrheit zu sagen, meinte François Rabelais, würde ich gern beides probieren. Und Seine Majestät Herr Pantagruel gähnte, um zu zeigen, daß er noch Appetit hatte. Der Wirt klatschte in die Hände, und die Diener brachten die neuen Speisen. Ach, gelang es François Rabelais während des Essens zu murmeln, was für eine exquisite Köstlichkeit war doch dieses Wildschwein nach Jägerart! Eine leicht süßsaure Wildbretsoße mit grünen Oliven und einer winzigen Prise scharfen Paprikas, die das Aroma des Wildbrets unterstrich. Und erst die gespickten und gebratenen Hasenfilets, antwortete zwischen zwei Bissen Seine

Majestät Herr Pantagruel, mußte man die nicht einfach als göttlich bezeichnen?

Der Wirt sah ihnen mit glückseligem Ausdruck beim Essen zu. Es war September, und die Sonne zeichnete helle Flecken in den Schatten der Laube. Seine Majestät Herr Pantagruel hatte ganz kleine Augen, und hin und wieder fielen sie ihm zu, als würde er gleich einschlafen. Dann klopfte er sich mit der Handfläche ein paarmal auf den Bauch, bat wohlerzogen um Erlaubnis und gab einen gewaltigen Rülpser von sich, mit einem Getöse, das wie Donnergrollen klang und ringsum widerhallte. Und beim Grollen des Donners wachte François Rabelais auf, stellte fest, daß es draußen gewitterte, zündete tastend die Kerze an und nahm ein Stück trockenes Brot vom Nachttisch, das er sich allnächtlich gestattete, um das Fasten zu unterbrechen.

Der Traum des Michelangelo Merisi, genannt Caravaggio, Maler und jähzorniger Mensch

In der Nacht des 1. Januar 1599, während er im Bett einer Prostituierten lag, träumte der Maler und jähzornige Mensch Michelangelo Merisi, genannt Caravaggio, daß Gott ihn heimsuchte. Gott suchte ihn in Gestalt Christi heim und zeigte mit dem Finger auf ihn. Michelangelo saß in einer Spelunke und spielte um Geld. Seine Gefährten waren Gauner, und einige von ihnen waren betrunken. Und er, er war nicht Michelangelo Merisi, der berühmte Maler, sondern irgendein Gast, ein Spitzbube. Als Gott ihn heimsuchte, fluchte er gerade im Namen Christi und lachte. Du, sagte wortlos der Finger Christi. Ich? fragte verwundert Michelangelo Merisi. Ich bin nicht zum Heiligen berufen, ich bin nur ein Sünder, es ist unmöglich, daß du mich auserwählst.

Aber das Gesicht Christi war unnachgiebig, gestattete keine Ausflüchte. Und seine ausgestreckte Hand ließ keinen Raum für Zweifel.

Michelangelo Merisi senkte den Kopf und betrachtete das Geld auf dem Tisch. Ich habe vergewaltigt, sagte er, ich habe getötet, an meinen Händen klebt Blut.

Der Kellner der Gastwirtschaft kam und brachte Bohnen und Wein. Michelangelo Merisi begann zu essen und zu trinken. Keiner neben ihm rührte sich, nur er bewegte Hände und Mund wie ein Gespenst. Auch Christus rührte sich nicht und hielt die Hand mit dem ausgestreckten Finger starr auf ihn gerichtet. Michelangelo Merisi stand auf und folgte ihm. Sie bogen in eine schmutzige Gasse ein, und Michelangelo Merisi urinierte in eine Ecke, der ganze Wein, den er an diesem Abend getrunken hatte, lief aus ihm heraus.

Gott, warum suchst du mich? fragte Michelangelo Merisi Christus. Der Sohn Gottes sah ihn an, ohne eine Antwort zu geben. Sie gingen die Gasse entlang und traten auf einen Platz. Der Platz war menschenleer.

Ich bin traurig, sagte Michelangelo Merisi. Christus sah ihn an und gab keine Antwort. Er setzte sich auf eine Steinbank und zog seine Sandalen aus. Er massierte sich die Füße und sagte: Ich bin müde, ich bin zu Fuß aus Palästina gekommen, um dich zu suchen.

Michelangelo Merisi übergab sich an einer Straßenecke. Aber ich bin ein Sünder, schrie er, du darfst mich nicht suchen.

Christus ging zu ihm hin und berührte seinen Arm. Ich habe dich zum Maler gemacht, sagte er, ich will ein Gemälde von dir, danach kannst du der Straße folgen, die dich das Schicksal führen wird.

Michelangelo Merisi wischte sich den Mund ab und fragte: Was für ein Gemälde?

Die Szene, wie ich dich heute in der Gastwirtschaft heimgesucht habe, mit dem Unterschied, daß du Matthäus bist.

Einverstanden, sagte Michelangelo Merisi, das werde ich machen. Und er drehte sich im Bett um. In diesem Augenblick umarmte ihn schnarchend die Prostituierte.

Der Traum des Francisco Goya y Lucientes, Maler und Visionär

In der Nacht des 1. Mai 1820, als der Maler und Visionär Francisco Goya wieder einmal vom Wahnsinn heimgesucht wurde, hatte er einen Traum.

Er träumte, er säße mit seiner Jugendliebe unter einem Baum. Er befand sich in Aragonien, einem kargen Landstrich, und die Sonne stand hoch. Seine Freundin saß auf einer Schaukel, und er packte sie um die Taille und schubste sie an. Seine Freundin hatte einen Sonnenschirm aus Spitze und lachte immer wieder nervös. Dann fiel sie auf die Wiese, und er purzelte ihr hinterher. Sie rollten den Hügel hinunter, bis zu einer gelben Mauer. Sie traten zu der Mauer hin und sahen Soldaten, die im Licht einer Laterne Männer erschossen. Die Laterne war in der sonnigen Landschaft fehl am Platz und tauchte die Szene in ein bläuliches Licht. Die Soldaten schossen, und die Männer fielen zu Boden, und der Boden war mit Blutlachen bedeckt. Da zog Francisco Goya y Lucientes den Pinsel heraus, den er im Gürtel stecken hatte, und näherte sich damit drohend. Wie durch einen Zauber verschwanden die Soldaten, die Erscheinung hatte ihnen einen Schrecken eingejagt.

Und an ihrer Stelle tauchte ein furchterregender Riese auf, der ein menschliches Bein verschlang. Er hatte fettige Haare und ein bläuliches Gesicht, aus den Mundwinkeln liefen ihm zwei kleine Blutrinnsale, seine Augen waren trüb, aber er lachte.

Wer bist du? fragte ihn Francisco Goya y Lucientes.

Der Riese wischte sich den Mund ab und sagte: Ich bin das Ungeheuer, das die Menschheit beherrscht, die Geschichte ist meine Mutter.

Francisco Goya y Lucientes machte einen Schritt nach vorn und hob drohend seinen Pinsel. Der Riese verschwand, und an seiner Stelle erschien ein altes Weib. Es war eine zahnlose Megäre mit runzeliger Haut und gelben Augen.

Wer bist du? fragte sie Francisco Goya y Lucientes.

Ich bin die Enttäuschung, sagte die Alte, und ich beherrsche die Welt, denn die Träume der Menschen sind alle kurz.

Francisco Goya y Lucientes machte einen Schritt nach vorn und hob drohend seinen Pinsel. Die Alte verschwand, und an ihrer Stelle erschien ein Hund. Es war ein kleiner Hund, der im Sand vergraben war, nur der Kopf ragte heraus.

Wer bist du? fragte ihn Francisco Goya y Lucientes.

Der Hund streckte den Hals hervor und sagte: Ich bin die Bestie der Verzweiflung und mache mich über deine Qualen lustig.

Francisco Goya y Lucientes machte einen Schritt nach vorn und hob drohend seinen Pinsel. Der Hund verschwand, und an seiner Stelle erschien ein Mann.

Es war ein fetter Alter, mit aufgedunsenem Gesicht und unglücklicher Miene.

Wer bist du? fragte ihn Francisco Goya y Lucientes.

Der Mann lächelte müde und sagte: Ich bin Francisco Goya y Lucientes, gegen mich bist du machtlos.

Und in diesem Augenblick wachte Francisco Goya y Lucientes auf und fand sich allein in seinem Bett wieder.

Der Traum des Samuel Taylor Coleridge, Dichter und Opiumsüchtiger

Eines Nachts im November 1801 hatte der Dichter und Opiumsüchtige Samuel Taylor Coleridge in seiner Londoner Wohnung im Opiumrausch einen Traum. Er träumte, er befände sich auf einem Schiff, das im Eis steckte. Er war der Kapitän, und seine Männer lagen ausgestreckt auf dem Deck und versuchten sich notdürftig vor der Kälte zu schützen, indem sie sich mit Lumpen und fadenscheinigen Decken zudeckten. Sie hatten ausgemergelte Gesichter und tiefe Ringe unter den Augen, aus denen die Krankheit blickte. Ein gewaltiger Albatros, der sich auf einen Schiffsmast gesetzt hatte, warf einen bedrohlichen Schatten auf das Deck. Samuel Taylor Coleridge rief den Zweiten Offizier zu sich und gab ihm den Befehl, ihm ein Gewehr zu bringen, aber der antwortete, es gäbe kein Schießpulver mehr, und reichte ihm eine Armbrust. Also nahm Samuel Taylor Coleridge die Armbrust und zielte. Er dachte, wenn er den Albatros tötete, würde er seine erschöpften Matrosen sättigen können und ihnen Skorbut und Tod ersparen. Er zielte und schoß den Pfeil ab. Mit durchbohrtem Hals fiel der Albatros auf das Deck, und sein Blut spritzte auf das Eis rundherum. Und da entstand aus dem Blut, das auf das Eis gespritzt war, eine Seeschlange, die ihren zuckenden Kopf hob, auf die Bordwand zukroch und dabei mit ihrer gespaltenen Zunge zischende Laute von sich gab. Samuel Taylor Coleridge packte den Kapitänssäbel, den er an der Hüfte trug, und schlug ihr augenblicklich den Kopf ab. Und da entstand aus dem abgehackten Kopf eine dünne, schwarzgekleidete Frau mit bleichem Gesicht und glühenden Augen. Die Frau hielt Würfel in der Hand, setzte sich auf die Brücke und rief den Kapitän zu sich. Jetzt müssen wir würfeln, sagte sie, wenn du gewinnst, ist dein Schiff frei, wenn ich gewinne, nehme ich deine Matrosen mit. Der Zweite Offizier stürzte sich auf Samuel Taylor Coleridge, packte ihn am Arm und flehte ihn an, er möge dieser unheimlichen Frau kein Gehör schenken, denn das würde ihrer aller Untergang bedeuten, aber er schritt unerschrocken auf die Frau zu, machte eine Verbeugung und erklärte sich bereit zu spielen. Die Frau hielt ihm den Becher mit den Würfeln hin, und Samuel Taylor Coleridge packte ihn und drückte ihn an seine Brust. Dann schüttelte er ihn heftig und ließ die Würfel auf das Brett fallen. Die Matrosen riefen hurra: Ihr Kapitän hatte elf Punkte gewürfelt. Die unheimliche Frau raufte sich heulend die Haare, dann lachte sie hinterhältig, um anschließend wieder zu schluchzen und zu jaulen wie ein winselnder Hund. Schließlich nahm sie die Würfel und warf sie mit einer weit ausholenden Geste, als ob sie mit dem

Arm das Deck wegfegen wollte. Die Würfel rollten über das Brett, und als sie liegenblieben, lag zweimal die Sechs oben. In diesem Augenblick erhob sich ein eisiger Wind, der ihnen kalt ins Gesicht blies, und mit dem Wind verschwanden die Matrosen, die unheilvolle Frau und das Schiff, eine Schicht grauen Rauchs legte sich auf alles, und Samuel Taylor Coleridge schlug die Augen auf und blickte durch das Fenster in einen nebeligen Morgen hinaus.

Der Traum des Giacomo Leopardi, Dichter und Freund des Mondes

Eines Nachts Anfang Dezember 1827 in der schönen Stadt Pisa, in der Via della Faggiola, hatte der Dichter und Freund des Mondes Giacomo Leopardi einen Traum. Um sich vor der furchtbaren Kälte zu schützen, die in der Stadt herrschte, schlief er zwischen zwei Matratzen. Er träumte, er befände sich in einer Wüste und er selbst wäre ein Hirte. Aber er hatte keine Herde, die ihm folgte, sondern saß gemütlich in einer Kutsche, die von vier schneeweißen Schafen gezogen wurde, und diese vier Schafe waren seine Herde.

Die Wüste und die Hügel rundherum bestanden aus feinstem silbernem Sand, der wie das Licht von Glühwürmchen leuchtete. Obwohl es Nacht war, war es nicht kalt, im Gegenteil, es schien eine schöne Frühsommernacht zu sein, und so zog Leopardi den Wintermantel aus, in den er sich gehüllt hatte, und legte ihn über die Armlehne in der Kutsche.

Wo bringt ihr mich hin, meine lieben kleinen Schäfchen? fragte er.

Wir fahren mit dir spazieren, antworteten die Schäfchen, wir sind Schafe, die immer unterwegs sind.

Aber was ist das für ein Ort? fragte Leopardi. Wo befinden wir uns?

Das wirst du gleich feststellen, antworteten die Schäfchen, sobald du die Person getroffen hast, die auf dich wartet.

Wer ist das? fragte Leopardi, das möchte ich wirklich wissen.

Haha, lachten die Schäfchen und blickten sich an, das können wir dir nicht sagen, es soll eine Überraschung sein.

Leopardi hatte Hunger und hätte gern etwas Süßes gegessen; einen schönen Kuchen mit Pinienkernen, genau darauf hatte er Lust.

Ich möchte etwas Süßes, sagte er, kann man hier in dieser Wüste nicht irgendwo etwas Süßes kaufen?

Gleich hinter diesem Hügel, antworteten die Schäfchen, hab ein wenig Geduld.

Sie gelangten ans Ende der Wüste und fuhren um den Hügel herum, an dessen Fuß sich ein Laden befand. Es war eine schöne Konditorei, die ganz aus Glas war und silbern funkelte. Leopardi blickte unentschlossen in die Auslage. In der ersten Reihe standen Torten in allen Farben und Größen: grüne Pistazientorten, zinnoberrote Himbeertorten, gelbe Zitronentorten, rosarote Erdbeertorten. Dahinter standen lustige oder appetitliche Marzipanwaren in Form von Äpfeln, Orangen, Kirschen oder von Tieren. Und schließlich gab es cremigen, dickflüssigen Zabaione mit einer Mandel obendrauf. Leopardi rief den Konditor und kaufte dreierlei: ein Erdbeertörtchen, ein Stück Marzipan und eine Portion Zabaione. Der Konditor war ein kleines Männchen ganz aus Silber, mit schneeweißen Haaren und blauen Augen, er überreichte ihm das Gewünschte und als Dreingabe eine Schachtel Pralinen. Leopardi stieg wieder in die Kutsche, und während sich die Schäfchen in Bewegung setzten, begann er von den köstlichen Sachen zu kosten, die er gekauft hatte. Inzwischen stieg die Straße an und führte den Hügel hinauf. Und merkwürdigerweise leuchtete auch hier der Boden, er war durchsichtig und gab einen silbrigen Schein von sich. Die Schäfchen blieben vor einem Häuschen stehen, das in der Nacht funkelte. Leopardi stieg aus, weil er begriffen hatte, daß er sein Ziel erreicht hatte, nahm die Schachtel Pralinen und betrat das Haus. Darin saß ein Mädchen auf einem Stuhl und stickte an einem Stickrahmen.

Komm herein, ich habe auf dich gewartet, sagte das Mädchen. Sie drehte sich um und lächelte ihn an, und Leopardi erkannte sie. Es war Silvia. Bloß war sie jetzt ganz aus Silber, sie sah genauso aus wie früher, war jedoch aus Silber.

Silvia, liebe Silvia, sagte Leopardi und ergriff ihre Hände, was für eine Freude, dich wiederzusehen, aber warum bist du ganz aus Silber?

Weil ich ein Mondmensch bin, antwortete Silvia. Wenn man stirbt, kommt man auf den Mond und wird so.

Aber warum bin ich auch hier? fragte Leopardi. Bin ich etwa tot?

Nicht du bist hier, sagte Silvia, sondern nur deine Vorstellung, du bist noch auf der Erde.

Und kann man von hier aus die Erde sehen? fragte Leopardi.

Silvia führte ihn zu einem Fenster, an dem ein Fernrohr stand. Leopardi legte das Auge an die Linse und sah sofort einen Palazzo. Er erkannte ihn: es war der Palazzo, in dem er wohnte. In einem Fenster war noch Licht, Leopardi sah hinein und erblickte seinen Vater im Nachthemd und mit dem Nachttopf in der Hand, wie er gerade zu Bett ging. Er spürte einen Stich ins Herz und verrückte das Fernrohr. Er sah einen schiefen Turm auf einer großen Wiese und daneben eine kurvige Straße mit einem Palazzo, in dem ein schwaches Licht brannte. Er zwang sich, ins Fenster hineinzuschauen, und sah ein schlichtes Zimmer mit einer Truhe und einem Tisch, auf dem ein Heft lag, und daneben brannte ein Kerzenstummel ab. Im Bett sah er sich selbst, wie er zwischen zwei Matratzen schlief.

Bin ich tot? fragte er Silvia.

Nein, sagte Silvia, du schläfst nur und träumst vom Mond.

Der Traum des Carlo Collodi, Schriftsteller und Theaterzensor

In der Nacht des 25. Dezember 1882 hatte der Schriftsteller und Theaterzensor Carlo Collodi in seiner Wohnung in Florenz einen Traum. Er träumte, er befände sich auf einem Papierschiffchen mitten im Meer und es tobte ein Sturm. Aber das Papierschiffchen hielt stand, es war ein eigensinniges Schiffchen mit zwei menschlichen Augen und in den Farben Italiens, die Collodi liebte. Von der Steilküste her rief eine ferne Stimme: Carlino, Carlino, komm ans Ufer zurück! Es war die Stimme der Ehefrau, die er nie gehabt hatte, eine sanfte weibliche Stimme, die ihn rief, wehklagend wie eine Sirene.

Ach, wenn er nur hätte zurückkehren können! Aber er schaffte es nicht, der Seegang war zu hoch, und das Schiffchen befand sich in der Gewalt des Meeres.

Dann sah er plötzlich das Ungeheuer. Es war ein riesiger Menschenhai mit aufgerissenem Maul, der ihn ansah, ihn musterte, auf ihn wartete.

Collodi versuchte das Ruder zu betätigen, aber auch das Ruder war aus Papier und völlig durchnäßt, inzwischen war es nicht mehr zu gebrauchen. Und so fand er sich damit ab, daß er direkt auf den Schlund des Ungeheuers zutrieb, und vor lauter Angst hielt er sich die Augen mit den Händen zu, stand auf und schrie: Es lebe Italien!

Wie finster es im Bauch des Ungeheuers war! Collodi tastete sich voran, stolperte über etwas, ohne zu wissen, was es war, und als er es mit den Händen berührte, merkte er, daß es ein Totenschädel war. Dann stieß er an Holzbretter und begriff, daß vor ihm bereits ein anderes Schiff in den Rachen des Ungeheuers getrieben war. Inzwischen bewegte er sich freier, denn durch das aufgerissene Maul des Hais drang ein schwacher Schein herein. Wie er sich so vorwärtstastete, stieß er mit den Knien an eine Holzkiste. Er bückte sich, berührte sie vorsichtig und stellte fest, daß sie voller Kerzen war. Zum Glück hatte er noch seinen Feueranzünder bei sich, und er betätigte ihn sofort. Er zündete zwei Kerzen an und begann sich mit den Kerzen in der Hand umzusehen. Er befand sich an Deck eines Schiffes, das im Bauch des Ungeheuers Schiffbruch erlitten hatte, die Brücke war voller Skelette, und am Hauptmast flatterte eine schwarze Fahne mit Totenschädel und gekreuzten Knochen. Collodi ging weiter und stieg eine Treppe hinunter. Er fand sofort die Kombüse, die mit Rumflaschen gefüllt war. Hochbefriedigt öffnete er eine davon und trank direkt aus der Flasche. Gleich ging es ihm besser. Ermutigt stand er auf und verließ das Schiff, vom Schein der Kerzen geleitet. Der Bauch des Ungeheuers war glitschig, voller toter Fische und Krabben. Collodi ging weiter, watete durch seichtes

Wasser. In der Ferne sah er ein schwaches Licht, einen zaghaften Schein, der ihn zum Näherkommen aufforderte. Darauf ging er zu. Neben ihm trieben Skelette, zerschellte Schiffe, gesunkene Boote, riesige tote Fische. Der Schein kam immer näher, und Collodi erblickte einen Tisch. Am Tisch saßen zwei Personen, eine Frau und ein Kind. Collodi ging schüchtern auf sie zu, und er sah, daß die Frau dunkelblaue Haare hatte und das Kind einen Mantel aus Brotkrumen trug. Er begann zu laufen und umarmte sie. Und auch sie umarmten ihn lachend, und sie kniffen sich gegenseitig in die Backen und küßten und liebkosten sich unzählige Male. Und sie sagten kein Wort.

Und plötzlich veränderte sich der Schauplatz. Sie befanden sich jetzt nicht mehr im Bauch des Ungeheuers, sondern unter einer Laube. Es war Sommer. Und sie saßen an einem Tisch, es war ein Haus in den Hügeln von Pescia, die Grillen zirpten, nichts regte sich in der Mittagshitze, sie tranken Weißwein und aßen Melone. Etwas abseits unter der Laube saßen eine Katze und ein Fuchs, die sie mit sanften Augen beobachteten. Und Collodi sagte höflich zu ihnen: Darf ich Ihnen etwas anbieten?

Der Traum des Robert Louis Stevenson, Schriftsteller und Reisender

In einer Nacht im Juni 1865, als der zukünftige Schriftsteller und Reisende Robert Louis Stevenson fünfzehn Jahre alt war und in einem Zimmer im Krankenhaus von Edinburgh lag, hatte er einen Traum. Er träumte, er wäre bereits erwachsen und befände sich auf einem Segelschiff. Der Wind blähte die Segel, und das Segelschiff fuhr durch die Luft. Er hielt das Ruder und steuerte das Schiff, so wie man einen Heißluftballon steuert. Das Segelschiff flog über Edinburgh, überquerte dann die Berge Frankreichs, entfernte sich von Europa und flog über einen himmelblauen Ozean. Er wußte, daß er dieses Segelschiff genommen hatte, weil seine Lunge nicht richtig atmete und er Luft brauchte. Jetzt konnte er gut atmen, der Wind blies ihm frische Luft in die Lunge, und sein Husten hatte sich gelegt.

Das Segelschiff landete auf dem Wasser und begann schnell dahinzugleiten. Robert Louis Stevenson hatte alle Segel gesetzt und ließ sich vom Wind treiben. Plötzlich sah er am Horizont eine Insel und viele lange Kanus, die von dunkelhäutigen Männern gesteuert wurden und auf ihn zukamen. Robert Louis Stevenson sah, daß die Kanus neben ihm längsschiffs gesteuert hatten und ihm zeigten, welchen Kurs er einschlagen mußte; und dabei sangen die Eingeborenen fröhliche Lieder und warfen Kränze aus weißen Blumen an Deck.

Als er sich der Insel auf hundert Meter genähert hatte, warf Robert Louis Stevenson den Anker aus und stieg auf einer Strickleiter zu dem größten Kanu hinunter, das unterhalb der Bordwand auf ihn wartete. Es war ein gewaltiges Kanu, mit einem riesigen Totem am Bug. Die Eingeborenen umarmten ihn und fächelten ihm mit großen Palmblättern Luft zu, und dabei boten sie ihm wunderbar süße Früchte an.

Auf der Insel warteten Frauen und Kinder auf sie, sie tanzten und lachten und hängten ihm Blumenkränze um den Hals. Der Dorfälteste trat auf ihn zu und zeigte ihm den Gipfel eines Berges. Robert Louis Stevenson begriff, daß er ihn besteigen sollte, konnte sich jedoch nicht vorstellen, warum. Er dachte, bei seiner Atemnot würde er den Gipfel nie erreichen, und er versuchte, das den Eingeborenen mit vagen Gesten klarzumachen. Aber sie hatten bereits verstanden und eine Trage vorbereitet, die sie aus Binsen und Palmblättern geflochten hatten. Robert Louis Stevenson nahm darauf Platz, und vier kräftige Eingeborene hoben die Trage auf ihre Schultern und begannen den Berg hinaufzusteigen. Und wie sie so hinaufstiegen, bot sich Robert Louis Stevenson ein unbeschreiblicher Ausblick: Er sah Schottland und Frankreich, Amerika und New York und sein ganzes Leben, das sich erst noch ereignen sollte. Und auf den

Hängen des Berges wuchsen Bäume mit Blättern von heilkräftiger Wirkung, und fleischige Pflanzen füllten die Luft mit einem Duft, bei dem seine Lunge weit wurde.

Die Eingeborenen blieben vor einer Grotte stehen und setzten sich mit überkreuzten Beinen auf den Boden. Robert Louis Stevenson begriff, daß er die Grotte betreten sollte, sie gaben ihm eine Fackel, und er ging hinein. Es war kühl, und die Luft roch nach Moos. Robert Louis Stevenson drang ins Innere des Berges vor, bis er in einen Raum gelangte, der sich vor langer Zeit infolge von Erdbeben im Felsen aufgetan hatte und in dem sich riesige Stalaktiten befanden. Mitten im Zimmer stand ein silberner Tresor. Robert Louis Stevenson öffnete ihn und entdeckte darin ein Buch. Es handelte von einer Insel, von Reisen, Abenteuern, von einem Kind und von Piraten; und auf dem Buch stand sein Name. Da verließ er die Grotte, befahl den Eingeborenen, ins Dorf zurückzukehren, und kletterte mit dem Buch unter dem Arm auf den Gipfel. Dann legte er sich ins Gras und schlug das Buch auf der ersten Seite auf. Er wußte, daß er hier auf diesem Gipfel bleiben würde, bis er das Buch gelesen hatte. Denn die Luft war rein, und die Geschichte war wie die Luft und ließ die Seele weit werden; und es war schön, lesend auf das Ende zu warten.

Der Traum des Arthur Rimbaud, Dichter und Vagabund

In der Nacht des 23. Juni 1891 hatte der Dichter und Vagabund Arthur Rimbaud im Krankenhaus von Marseille einen Traum. Er träumte, er überquerte die Ardennen. Er trug sein amputiertes Bein unter dem Arm und stützte sich auf eine Krücke. Das amputierte Bein war in Zeitungspapier eingewickelt, auf das in Großbuchstaben eines seiner Gedichte gedruckt war.

Es war gegen Mitternacht, und es war Vollmond. Die Wiesen waren aus Silber, und Arthur sang. Er kam in die Nähe eines Bauernhauses, in einem der Fenster brannte Licht. Unter einem riesengroßen Mandelbaum legte er sich ins Gras und sang weiter. Es war ein Lied, wie es Revolutionäre und Vagabunden sangen, und es handelte von einer Frau und einem Gewehr. Nach einer Weile ging die Tür auf, eine Frau kam aus dem Haus und ging auf ihn zu. Es war eine junge Frau mit offenen Haaren. Wenn du ein Gewehr willst, wie es in deinem Lied heißt, kann ich dir eines geben, sagte die Frau, ich bewahre es in der Scheune auf.

Rimbaud drückte sein amputiertes Bein an sich und lachte. Ich ziehe in die Pariser Kommune, sagte er, und brauche ein Gewehr.

Die Frau führte ihn zur Scheune. Es war ein einstöckiges Gebäude. Im Erdgeschoß waren die Schafe, und im oberen Stockwerk, das man über eine Sprossenleiter erreichte, befand sich die Kornkammer. Da kann ich nicht hinaufklettern, sagte Rimbaud, ich warte hier auf dich, bei den Schafen. Er legte sich aufs Stroh und zog seine Hose aus. Als die Frau wieder herunterkam, sah sie, daß er zur Liebe bereit war. Wenn du eine Frau willst, wie es in deinem Lied heißt, sagte die Frau, kann ich dir eine geben. Rimbaud umarmte sie und fragte: Wie heißt diese Frau? Sie heißt Aurelia, sagte die Frau, denn es ist eine Frau aus einem Traum. Und sie schlüpfte aus ihrem Kleid.

Sie liebten sich inmitten der Schafe, und Rimbaud drückte sein amputiertes Bein an sich. Als sie sich geliebt hatten, sagte die Frau: Bleib. Das kann ich nicht, antwortete Rimbaud, ich muß weiter, komm mit mir hinaus und sieh dir die Morgenröte an. Als sie auf den Vorplatz hinaustraten, war es bereits hell. Du hörst diese Schreie nicht, sagte Rimbaud, aber ich höre sie, sie kommen aus Paris und rufen mich, es ist die Freiheit, es ist der Ruf der Ferne.

Die Frau stand immer noch nackt unter dem Mandelbaum. Ich lasse dir mein Bein da, sagte Rimbaud, paß gut darauf auf.

Und er ging in Richtung Hauptstraße. Wie schön, jetzt hinkte er nicht mehr. Er ging, als ob er zwei Beine hätte. Und die Straße hallte unter seinen Holzpantoffeln. Am Horizont ging rot die Sonne auf. Und er sang und war glücklich.

Der Traum des Anton Tschechow, Schriftsteller und Arzt

In einer Nacht des Jahres 1890, als der Schriftsteller und Arzt Anton Tschechow die Gefangenen auf der Insel Sachalin besuchte, hatte er einen Traum. Er träumte, er befände sich auf einem Krankenhausgang und man hätte ihm eine Zwangsjacke angezogen. Neben ihm lagen zwei altersschwache Greise, die sich wie wahnsinnig gebärdeten. Tschechow war hellwach, bei klarem Verstand, seiner selbst sicher, und er hätte gerne eine Geschichte über ein Pferd geschrieben. Ein weißgekleideter Arzt kam, und Anton Tschechow bat ihn um Papier und Füllfeder.

Sie können nicht schreiben, weil Sie den Kopf voller theoretischer Vorstellungen haben, sagte der Doktor. Sie sind nur ein armseliger Moralist, und das können sich die Verrückten nicht leisten.

Wie heißen Sie? fragte ihn Anton Tschechow.

Meinen Namen kann ich Ihnen nicht sagen, antwortete der Doktor, aber Sie sollen wissen, daß ich Schriftsteller hasse, vor allem wenn Sie zu viele theoretische Vorstellungen haben. Die Theorie ruiniert die Welt.

Anton Tschechow verspürte den Wunsch, ihn zu ohrfeigen, aber in der Zwischenzeit hatte der Doktor einen Lippenstift herausgeholt und zog sich die Lippen nach. Dann setzte er sich eine Perücke auf und sagte: Ich bin Ihre Krankenschwester, aber Sie können nicht schreiben, weil Sie zu viele theoretische Vorstellungen im Kopf haben, Sie sind bloß ein Moralist, und nach Sachalin sind Sie im Hausmantel gekommen. Und während er das sagte, befreite er Tschechows Arme von der Zwangsjacke.

Sie sind ein armer Teufel, sagte Anton Tschechow, aber Sie wissen nicht einmal, was Pferde sind.

Warum sollte ich die Pferde kennen? fragte der Doktor. Ich kenne nur den Direktor meines Krankenhauses.

Ihr Direktor ist ein Esel, sagte Anton Tschechow. Er ist kein Pferd, sondern ein Lasttier, er hat schon einiges aushalten müssen in seinem Leben. Und dann fügte er hinzu: Lassen Sie mich schreiben.

Sie können nicht schreiben, sagte der Doktor, denn Sie sind ein Verrückter.

Die Alten neben ihm wälzten sich im Bett hin und her, und einer von ihnen stand auf, um in den Nachttopf zu pissen.

Das macht nichts, sagte Anton Tschechow, ich werde Ihnen einen Dolch schenken, damit Sie ihn zwischen die Zähne stecken können; und mit diesem Dolch im Mund werden Sie den Direktor Ihres Krankenhauses küssen, und ihr werdet euch einen stählernen Kuß geben.

Und dann drehte er sich auf die Seite und begann an ein Pferd zu denken. Und an einen Kutscher. Und der Kutscher war unglücklich, weil er jemandem vom Tod seines Sohnes erzählen wollte. Aber niemand hörte ihm zu, denn die Leute hatten keine Zeit und hielten ihn für eine Nervensäge. Und so erzählte der Kutscher seinem Pferd davon, einem geduldigen Tier. Es war ein altes Pferd mit menschlichen Augen.

Und in diesem Augenblick kamen zwei geflügelte Pferde angaloppiert, und auf ihnen ritten zwei Frauen, die Anton Tschechow kannte. Es waren zwei Schauspielerinnen, und sie hielten einen Zweig mit Kirschblüten in der Hand. Der Kutscher spannte die beiden Pferde vor seinen Landauer, Anton Tschechow nahm auf dem Sitz Platz, und die Kutsche hob im Krankenhausgang ab, zwängte sich durch ein Fenster und glitt über den Himmel. Und während sie durch die Wolken flogen, sahen sie, wie der Arzt mit der Perücke wütend gestikulierte und sie beschimpfte. Die beiden Schauspielerinnen ließen zwei Kirschblütenblätter fallen, und der Kutscher sagte lächelnd: Ich würde Ihnen gerne eine Geschichte erzählen, es ist eine traurige Geschichte, aber ich glaube, Sie könnten mich verstehen, lieber Anton Tschechow.

Anton Tschechow lehnte sich zurück, wickelte sich einen Schal um den Hals und sagte: Ich habe jede Menge Zeit, ich bin sehr geduldig, und ich liebe die Geschichten der Leute.

Der Traum des Achille-Claude Debussy, Musiker und Ästhet

In der Nacht des 29. Juni 1893, einer klaren Sommernacht, träumte der Musiker und Ästhet Achille-Claude Debussy, er befände sich an einem Strand. Es war ein Strand in der toskanischen Maremma, gesäumt von niedriger Macchia und Pinien. Debussy kam in Leinenhosen und mit Strohhut an, betrat die Strandhütte, die Pinky ihm zugewiesen hatte, und zog seinen Anzug aus. Er sah Pinky am Strand, aber anstatt ihr zuzuwinken, zog er sich in den Schatten der Hütte zurück. Pinky war eine schöne Dame, eine Villenbesitzerin, sie kümmerte sich um die spärlichen Badegäste an ihrem Privatstrand, und wenn sie auf dem Sand umherlief, trug sie einen Hut mit blauem Schleier. Sie stammte aus altem Adel und sprach alle mit du an. Das gefiel Debussy nicht, der im Umgang mit anderen Höflichkeitsformeln schätzte.

Bevor er das Badekostüm anzog, machte er ein paar Kniebeugen und streichelte lange sein Glied, das halb erigiert war, denn der Anblick des einsamen Strandes mit der Sonne und dem Blau des Meeres erregte ihn. Er zog ein strenges blaues Badekostüm an, mit zwei weißen Sternchen auf den Schultern. Und in diesem Augenblick sah er, daß Pinky gemeinsam mit ihren beiden Doggen, die sie immer begleiteten, verschwunden war und niemand mehr am Strand war. Debussy ging mit einer Flasche Champagner, die er mitgebracht hatte, über den Strand. Als er das Meer erreicht hatte, grub er ein kleines Loch in den Sand und steckte die Flasche hinein, damit sie kühl blieb, dann ging er ins Wasser und schwamm.

Sofort spürte er die wohltuende Wirkung des Wassers. Er liebte das Meer über alles und hätte ihm gern eine Komposition gewidmet. Die Sonne stand im Zenit, und die Wasseroberfläche glitzerte. Debussy schwamm ruhig zurück, mit weit ausholenden Armbewegungen. Als er den Strand erreicht hatte, grub er die Champagnerflasche aus und trank sie zur Hälfte. Ihm war, als wäre die Zeit stehengeblieben, und er dachte, das müsse auch der Musik gelingen: die Zeit anzuhalten.

Er ging zur Hütte und zog sich aus. Während er sich auszog, hörte er ein Geräusch in der Macchia und näherte sich. Im Gebüsch, wenige Meter vor sich, sah er einen Faun, der zwei Nymphen umwarb. Eine Nymphe streichelte die Schultern des Fauns, während die andere einen lasziven Tanz andeutete.

Debussy verspürte eine große Mattigkeit und begann sich ganz langsam zu streicheln. Dann trat er in das Gebüsch. Als sie ihn kommen sahen, lächelten ihm die drei Wesen zu, und der Faun begann Flöte zu spielen. Genau diese Musik hätte Debussy gerne komponieren wollen, und er hielt sie in seiner Erinnerung fest. Dann setzte er sich mit erigiertem Glied auf die Piniennadeln. Da nahm sich der Faun eine Nymphe und schlief mit ihr. Und die andere Nymphe kam mit geschmeidigen Tanzschritten auf Debussy zu und streichelte seinen Bauch. Es war Nachmittag, und die Zeit stand still.

Der Traum des Henri de Toulouse-Lautrec, Maler und unglücklicher Mensch

In einer Nacht im März 1890, nachdem er ein Plakat für eine Tänzerin gemalt hatte, die seine Liebe nicht erwiderte, hatte der Maler und unglückliche Mensch Henri de Toulouse-Lautrec in einem Bordell in Paris einen Traum. Er träumte, er befände sich auf dem Lande in der Nähe seiner Heimatstadt Albi und es wäre Sommer. Er stand unter einem Kirschbaum voller Kirschen und hätte gern eine gepflückt, aber aufgrund seiner kurzen, krummen Beine erreichte er nicht einmal den untersten Zweig, der voller Früchte war. Da stellte er sich auf die Zehenspitzen, und als wäre es das Natürlichste auf der Welt, begannen seine Beine länger zu werden, bis sie eine normale Länge erreicht hatten. Nachdem er die Kirschen gepflückt hatte, wurden seine Beine wieder kürzer, und Henri Toulouse-Lautrec war wieder so groß wie ein Zwerg.

Nanu, rief er aus, ich kann also wachsen, wenn ich will. Und er war glücklich. Er ging durch ein Kornfeld. Die Ähren überragten ihn, und mit dem Kopf zog er eine Furche durch das Getreide. Es kam ihm vor, als befände er sich in einem sonderbaren Wald, in dem er sich auf gut Glück fortbewegte. Am Ende des

Feldes war ein Bach. Henri de Toulouse-Lautrec spiegelte sich darin und sah einen häßlichen Zwerg mit krummen Beinen, der eine karierte Hose und einen Hut trug. Da stellte er sich auf die Zehenspitzen, und seine Beine begannen artig länger zu werden, er wurde ein normaler Mann, und das Wasser reflektierte das Bild eines schönen, eleganten jungen Mannes. Henri de Toulouse-Lautrec schrumpfte aufs neue, zog sich aus und stieg in den Bach, um sich zu erfrischen. Nach dem Bad ließ er sich in der Sonne trocknen, zog sich wieder an und machte sich auf den Weg. Es wurde bereits Abend, und hinten in der Ebene sah er einen Lichterkranz. Auf seinen kurzen Beinchen trottete er darauf zu, und als er ankam, stellte er fest, daß er in Paris war. Es war das Gebäude des Moulin Rouge, und auf dem Dach drehten sich die beleuchteten Schaufeln der Mühle. Am Eingang drängten sich eine Menge Menschen, und neben dem Kartenschalter kündigte ein großes Plakat in grellen Farben die Vorstellung an, die diesen Abend auf dem Programm stand, einen Cancan. Auf dem Plakat war eine Tänzerin zu sehen, die die Röcke hob und am Rande der Bühne tanzte, direkt vor den Gaslampen. Henri de Toulouse-Lautrec freute sich, denn dieses Plakat stammte von ihm. Um der Menge auszuweichen, betrat er dann das Gebäude durch einen Nebeneingang, ging über einen kurzen, engen, schlechtbeleuchteten Gang und gelangte hinter die Kulissen. Die Vorstellung hatte gerade begonnen. Die Musik dröhnte, und Jane Avril tanzte auf der

Bühne wie besessen. Henri de Toulouse-Lautrec wurde von dem Wunsch übermannt, ebenfalls die Bühne zu betreten, Jane Avril an der Hand zu nehmen und mit ihr zu tanzen. Er stellte sich auf die Zehenspitzen, und seine Beine wurden augenblicklich länger.

Da begann er ungestüm zu tanzen, sein Zylinder rollte davon, und er ließ sich vom Cancan mitreißen. Jane Avril schien sich überhaupt nicht darüber zu wundern, daß er plötzlich normal groß war, sie tanzte und sang und umarmte ihn, und er war glücklich. Da fiel der Vorhang, die Bühne verschwand, und Henri de Toulouse-Lautrec fand sich mit seiner Jane Avril auf dem Land in der Nähe von Albi wieder. Es war wieder Mittag, und die Zikaden zirpten wie verrückt. Von der Hitze und vom Tanzen erschöpft, ließ sich Jane Avril unter eine Eiche fallen und zog die Röcke bis zum Knie hoch. Dann streckte sie Henri de Toulouse-Lautrec die Arme entgegen, und er ließ sich wollüstig fallen. Jane Avril drückte ihn an die Brust und schaukelte ihn, wie man ein Kind schaukelt. Mir hast du auch mit kurzen Beinen gefallen, flüsterte sie ihm ins Ohr, aber jetzt, wo deine Beine länger geworden sind, gefällst du mir sogar noch mehr. Henri de Toulouse-Lautrec lächelte und umarmte sie ebenfalls, er drückte das Kissen an sich, drehte sich auf die andere Seite und fuhr fort zu träumen.

Der Traum des Fernando Pessoa, Dichter und Verstellungskünstler

In der Nacht des 7. März 1914 träumte der Dichter und Verstellungskünstler Fernando Pessoa, er würde aufwachen. Er trank Kaffee in dem kleinen Zimmer, in dem er zur Miete wohnte, rasierte sich und kleidete sich elegant an. Er zog seinen Regenmantel an, denn draußen regnete es. Als er hinausging, war es zwanzig vor acht, und Punkt acht war er am Hauptbahnhof, auf dem Bahnsteig, auf dem bereits der Zug nach Santarém stand. Der Zug fuhr um 8.05 pünktlich ab. Fernando Pessoa nahm in einem Abteil Platz, in dem eine dem Anschein nach ungefähr fünfzigjährige Frau saß und las. Sie war seine Mutter und war auch nicht seine Mutter und war ganz in ihre Lektüre vertieft. Auch Fernando Pessoa begann zu lesen. Er mußte an diesem Tag zwei Briefe lesen, die er aus Südafrika erhalten hatte und in denen von einer lange zurückliegenden Kindheit die Rede war.

Ich war wie Gras, und man hat mich nicht ausgerissen, sagte plötzlich die Dame, die dem Anschein nach fünfzig Jahre alt war. Der Satz gefiel Fernando Pessoa, und er notierte ihn in seinem Notizbuch. Derweil zog an ihnen die flache Landschaft des Ribatejo mit seinen Reisfeldern und Wiesen vorbei.

Als sie in Santarém ankamen, nahm Fernando Pessoa eine Kutsche. Kennen Sie ein abgelegenes, weißgetünchtes Haus? fragte er den Kutscher. Der Kutscher war ein rundlicher kleiner Mann mit einer vom Alkohol geröteten Nase. Natürlich, sagte er, das ist das Haus von Herrn Caeiro, ich kenne es gut. Und er gab dem Pferd die Peitsche. Das Pferd begann über die von Palmen gesäumte Hauptstraße zu traben. Auf den Feldern sah man Strohhütten, und an den Türen standen ein paar Schwarze.

Wo sind wir hier, fragte Pessoa den Kutscher, wo bringen Sie mich hin?

Wir sind in Südafrika, antwortete der Kutscher, und ich bringe Sie zum Haus von Herrn Caeiro.

Pessoa war beruhigt und lehnte sich in seinem Sitz zurück. Ah, er war also in Südafrika, genau das hatte er sich gewünscht. Er schlug zufrieden die Beine übereinander und sah seine nackten Knöchel, die aus der Matrosenhose hervorlugten. Er begriff, daß er ein Kind war, und das bereitete ihm große Freude. Es war schön, ein Kind zu sein und durch Südafrika zu reisen. Er zog ein Päckchen Zigaretten heraus und zündete sich genießerisch eine an. Er bot auch dem Kutscher eine an, und der nahm sie gierig.

Als sie sich einem weißen Haus näherten, das auf einem mit Zypressen bewachsenen Hügel stand, wurde es bereits Abend. Es war ein typisches Haus des Ribatejo, langgestreckt und niedrig, mit einem vorspringenden roten Ziegeldach. Die Kutsche bog in die von Zypressen gesäumte Allee ein, der Kies knirschte unter den Rädern, irgendwo in der Ferne bellte ein Hund.

An der Tür stand eine alte Frau mit Brille und einer weißen Haube. Pessoa begriff sofort, daß das die Großtante Alberto Caeiros war, und er stellte sich auf die Zehenspitzen und küßte sie auf die Wangen.

Strengen Sie meinen Alberto nicht allzusehr an, sagte die Alte, seine Gesundheit ist so angegriffen.

Sie trat beiseite, und Pessoa ging ins Haus. Er betrat ein geräumiges, schlicht eingerichtetes Zimmer. Es gab einen kleinen Kamin, einen Bücherschrank, eine Anrichte voller Teller, ein Sofa und zwei Sessel. Alberto Caeiro saß auf einem Sessel und hatte den Kopf in den Nacken gelegt. Er war Headmaster Nicholas, sein Lehrer von der High-School.

Ich wußte nicht, daß Sie Caeiro sind, sagte Fernando Pessoa und machte eine kleine Verbeugung. Alberto Caeiro bedeutete ihm mit einer kraftlosen Geste, er solle näher kommen. Kommen Sie näher, lieber Pessoa, sagte er, ich habe Sie hergerufen, weil ich wollte, daß Sie die Wahrheit erfahren.

Inzwischen hatte die Großtante ein Tablett mit Tee und Kuchen gebracht. Caeiro und Pessoa bedienten sich und nahmen die Tassen. Pessoa fiel ein, daß er nicht den kleinen Finger abspreizen durfte, weil das nicht elegant war. Er rückte sich das Lätzchen des Matrosenanzugs zurecht und zündete sich eine Zigarette an. Sie sind mein Meister, sagte er.

Caeiro seufzte, und dann lächelte er. Es ist eine lange Geschichte, sagte er, aber es hat keinen Sinn, daß ich sie Ihnen ganz genau erzähle, Sie sind intelligent und werden sie verstehen, auch wenn ich einige Stellen auslasse. Aber Sie sollten wissen, daß ich Sie bin.

Das müssen Sie mir genauer erklären, sagte Pessoa.

Ich bin Ihr innerstes Wesen, sagte Caeiro, Ihr dunkles Wesen. Deshalb bin ich Ihr Meister.

Von einem Glockenturm im nahen Dorf hörte man die Stunde schlagen.

Und was soll ich tun? fragte Pessoa.

Sie sollen meiner Stimme folgen, sagte Caeiro. Sie werden mich im Wachen und im Schlaf anhören, manchmal werde ich Sie stören, oft werden Sie mich nicht hören wollen. Aber Sie müssen mich anhören, Sie müssen den Mut haben, diese Stimme anzuhören, wenn Sie ein großer Dichter sein wollen.

Das werde ich tun, sagte Pessoa, ich verspreche es.

Er stand auf und verabschiedete sich. Vor der Tür erwartete ihn die Kutsche. Er war jetzt wieder erwachsen und trug einen Schnurrbart. Wohin soll ich Sie fahren? fragte der Kutscher. Bringen Sie mich ans Ende des Traums, sagte Pessoa, heute ist der triumphalste Tag meines Lebens.

Es war der 8. März, und durch Pessoas Fenster drang schwaches Sonnenlicht.

Der Traum des Wladimir Majakowski, Dichter und Revolutionär

Am 3. April 1930, im letzten Monat seines Lebens, hatte der Dichter und Revolutionär Wladimir Majakowski einen Traum, von dem er seit nunmehr einem Jahr jede Nacht heimgesucht wurde.

Er träumte, er befände sich in der Moskauer U-Bahn, in einem Zug, der mit aberwitziger Geschwindigkeit dahinsauste. Er war fasziniert von der Geschwindigkeit, denn er liebte die Zukunft und die Maschinen, aber jetzt konnte er es gar nicht erwarten auszusteigen, und er drehte und wendete unablässig einen Gegenstand, den er in seiner Tasche trug. Um sich zu beruhigen, beschloß er, sich zu setzen, und er entschied sich für einen Platz neben einer schwarzgekleideten Alten mit einer Einkaufstasche in der Hand. Als sich Majakowski neben sie setzte, fuhr die Alte erschrocken zusammen.

Bin ich so häßlich? dachte Majakowski und lächelte die Alte an. Und dabei sagte er zu ihr: Haben Sie keine Angst, ich bin bloß eine Wolke und habe nur den Wunsch, aus diesem Zug auszusteigen.

Schließlich hielt der Zug an irgendeinem Bahnhof an, und Majakowski stieg aus, ohne sich umzusehen. Er lief in die erstbeste Toilette und zog den

Gegenstand aus der Tasche. Es war ein Stück Kernseife, wie sie die Wäscherinnen benutzen. Er drehte den Wasserhahn auf und begann sich sorgfältig die Hände zu waschen, aber der Dreck, den er auf seinen Handflächen zu spüren glaubte, ging nicht weg. Da steckte er die Seife wieder in die Tasche und trat in den Tunnel hinaus. Der Bahnhof war verlassen. Ganz hinten unter einem großen Plakat standen drei Männer, die auf ihn zukamen, als sie ihn sahen. Sie trugen schwarze Regenmäntel und Filzhüte.

Geheimpolizei, sagten die drei Männer einstimmig, Leibesvisitation aus Sicherheitsgründen.

Majakowski hob die Arme und ließ sich durchsuchen.

Und was ist das? fragte einer der Männer mit verächtlicher Miene und hob das Seifenstück empor.

Das weiß ich nicht, sagte Majakowski stolz, bei diesen Dingen kenne ich mich nicht aus, ich bin bloß eine Wolke.

Das ist Seife, flüsterte boshaft der Mann, der ihn verhörte, und du wäscht dir sicher oft die Hände, die Seife ist noch naß.

Majakowski gab keine Antwort und wischte sich die schweißnasse Stirn ab.

Komm mit, sagte der Mann, hakte sich bei ihm unter, und die beiden anderen folgten ihnen.

Sie stiegen eine Treppe empor und gelangten zu einem großen, nicht überdachten Bahnhof. Unterhalb des Bahnhofs befand sich ein Gericht mit Richtern in Soldatenuniformen, und das Publikum bestand aus Kindern in Waisenkitteln.

Die drei Männer führten ihn zu der Anklagebank und übergaben einem der Richter die Seife. Der Richter griff zu einem Lautsprecher und sagte: Unsere Sicherheitskräfte haben einen Täter auf frischer Tat ertappt, er trug das Beweisstück seiner schmutzigen Tat noch in der Tasche.

Die Waisenkinder verliehen ihrer Mißbilligung einhellig Ausdruck.

Der Schuldige ist zur Lokomotive verurteilt, sagte der Richter und schlug mit seinem Holzhammer auf den Tisch.

Zwei Wachen traten vor, zogen Majakowski aus und steckten ihn in einen riesigen gelben Kittel. Dann führten sie ihn zu einer schnaubenden Lokomotive, die von einem halbnackten Heizer gefahren wurde, der aussah wie ein Raubtier. Auf der Lokomotive stand ein Henker mit einer Henkerskapuze; in der Hand hielt er eine Peitsche.

Jetzt werden wir sehen, was du kannst, sagte der Henker, und die Lokomotive fuhr ab.

Majakowski sah hinaus und stellte fest, daß sie durch das große Rußland fuhren. Unendlich weite Landschaften und Ebenen, wo ausgemergelte Männer und Frauen am Boden lagen, mit angeketteten Händen.

Die Leute warten auf deine Gedichte, sagte der Henker, sing, Dichter. Und er schlug ihn mit der Peitsche.

Und Majakowski begann seine schlechtesten Verse aufzusagen. Es waren lautstarke Jubelgedichte voller Phrasen. Und während er sie aufsagte, hoben die Leute die Fäuste und verwünschten ihn und seine Mutter.

Da wachte Wladimir Majakowski auf und ging ins Bad, um sich die Hände zu waschen.

Der Traum des Federico García Lorca, Dichter und Antifaschist

In einer Nacht im August 1936 hatte der Dichter und Antifaschist Federico García Lorca in seinem Haus in Granada einen Traum. Er träumte, er befände sich auf der Bühne seines Wandertheaters, sänge Zigeunerlieder und begleitete sich dabei auf dem Klavier. Er trug einen Frack, aber auf seinem Kopf saß ein breitkrempiger *mazantini.* Im Publikum saßen lauter schwarzgekleidete alte Frauen, die Mantille über den Schultern, und lauschten ihm hingerissen. Eine Stimme aus dem Saal bat ihn um ein Lied, und Federico García Lorca begann es zu spielen. Es war ein Lied, das von Duellen und Orangenhainen, von Leidenschaften und vom Tod handelte. Als das Lied zu Ende war, stand Federico García Lorca auf und verabschiedete sich von seinem Publikum. Der Vorhang fiel, und erst jetzt bemerkte er, daß hinter dem Klavier keine Kulissen standen, sondern daß sich die Bühne auf eine menschenleere Landschaft hin öffnete. Es war Nacht, und der Mond schien. Federico García Lorca spähte durch den Spalt im Vorhang und sah, daß sich das Theater wie durch einen Zauber geleert hatte, im Saal war kein Mensch mehr, und die Lichter gingen aus. In diesem Augenblick hörte er ein

Winseln, und er entdeckte hinter sich einen kleinen, schwarzen Hund, der auf ihn gewartet zu haben schien. Federico García Lorca spürte, daß er ihm folgen mußte, und trat auf ihn zu. Wie auf ein abgemachtes Zeichen hin setzte sich der Hund in Bewegung und wies ihm den Weg. Wo bringst du mich hin, kleiner schwarzer Hund? fragte Federico García Lorca. Der Hund winselte kläglich, und Federico García Lorca erschauerte. Er drehte sich um und blickte zurück, und er sah, daß die aus Leinwand und Holz bestehenden Wände seines Theaters verschwunden waren. Geblieben war nur eine leere Bühne unter dem Mond, während das Klavier von allein, wie von unsichtbaren Fingern berührt, eine alte Melodie weiterspielte. Die Landschaft wurde von einer Mauer entzweigeschnitten: einer langen, sinnlosen, weißen Mauer, jenseits deren wieder offenes Land lag. Der Hund blieb stehen und winselte aufs neue, und auch Federico García Lorca blieb stehen. Da traten hinter der Mauer Soldaten hervor, die ihn lachend umringten. Sie trugen braune Uniformen und einen Dreispitz auf dem Kopf. In einer Hand hielten sie das Gewehr und in der anderen eine Weinflasche. Ihr Anführer war ein monströser Zwerg mit einem Kopf voller Beulen. Du bist ein Verräter, sagte der Zwerg, und wir sind deine Henker. Federico García Lorca spuckte ihm ins Gesicht, während ihn die Soldaten festhielten. Der Zwerg lachte obszön und schrie den Soldaten zu, sie sollten ihm die Hose ausziehen. Du bist ein Weib, sagte er, und Weiber dürfen keine Hosen tragen, sie müssen den ganzen Tag im Haus bleiben und sich den Kopf mit der Mantille bedecken. Auf ein Zeichen des Zwergs hin fesselten ihn die Soldaten, zogen ihm die Hose aus und bedeckten seinen Kopf mit einem Schal. Widerliches Weib, was fällt dir ein, dich als Mann zu verkleiden, sagte der Zwerg, es ist Zeit, zur Jungfrau Maria zu beten. Federico García Lorca spuckte ihm ins Gesicht, und der Zwerg wischte sich lachend die Spucke ab. Dann zog er die Pistole aus der Tasche und steckte ihm den Lauf in den Mund. Weit und breit hörte man die Melodie des Klaviers. Der Hund winselte. Federico García Lorca hörte einen Knall und fuhr im Bett auf. An die Tür seines Hauses in Granada wurde mit Gewehrkolben geklopft.

Der Traum des Doktor Sigmund Freud, der die Träume anderer deutete

In der Nacht des 22. September 1939, einen Tag vor seinem Tod, hatte Doktor Sigmund Freud, der die Träume anderer deutete, einen Traum.

Er träumte, er wäre Dora geworden und ginge durch das zerbombte Wien. Die Stadt war zerstört, und aus den Ruinen der Gebäude stiegen Staub und Rauch auf.

Wie ist es möglich, daß diese Stadt zerstört worden ist? fragte sich Doktor Freud und hielt seinen ausgestopften Busen fest. Aber in diesem Augenblick kam ihm in der Berggasse Frau Martha entgegen, die die *Neue Freie Presse* aufgeschlagen vor sich her trug.

Ach, liebe Dora, sagte Frau Martha, eben habe ich gelesen, daß Doktor Freud aus Paris nach Wien zurückgekehrt ist und genau hier, Berggasse Nummer sieben, wohnt, vielleicht würde es Ihnen guttun, sich von ihm untersuchen zu lassen. Und während sie das sagte, schob sie mit dem Fuß die Leiche eines Soldaten beiseite.

Doktor Freud genierte sich sehr und zog sich den Schleier vor das Gesicht. Ich wüßte nicht, warum, sagte er schüchtern.

Weil Sie eine Menge Probleme haben, sagte Frau

Martha, wie wir alle haben auch Sie eine Menge Probleme, Sie müssen sich jemandem anvertrauen, und glauben Sie mir, für vertrauliche Mitteilungen gibt es niemand Besseren als Doktor Freud, er weiß alles über die Frauen, hin und wieder scheint er sogar eine Frau zu sein, so sehr versetzt er sich in sie hinein.

Doktor Freud verabschiedete sich höflich, aber schnell, und setzte seinen Weg fort. Ein Stück weiter begegnete er dem Gesellen des Fleischers, der ihn eingehend musterte und ihm dann ein ziemlich eindeutiges Kompliment machte. Doktor Freud blieb stehen, denn am liebsten hätte er ihn verprügelt, aber der Geselle des Fleischers sah auf seine Beine und sagte: Dora, du bräuchtest einen richtigen Mann, anstatt dich immer nur mit deinen Phantasien zu beschäftigen.

Doktor Freud blieb verärgert stehen. Und woher willst du das wissen? fragte er ihn.

Das weiß ganz Wien, sagte der Geselle des Fleischers, du hast zu viele sexuelle Phantasien, Doktor Freud hat das festgestellt.

Doktor Freud hob die Fäuste. Das war wirklich zuviel. Er, Doktor Freud, sollte sexuelle Phantasien haben. Dabei waren es doch die anderen, die solche Phantasien hatten, die, die ihm vertrauliche Mitteilungen machten. Er war ein hochanständiger Mann, und diese Art von Phantasien war ein Problem, das Kinder und Neurotiker hatten.

Reg dich nicht auf, sagte der Geselle des Fleischers und kniff ihn in die Wange.

Doktor Freud plusterte sich auf vor Stolz. Immerhin war es schön, von einem virilen Fleischergesellen so intim behandelt zu werden, und immerhin war er Dora, die unanständige Probleme hatte.

Er ging die Berggasse weiter und gelangte zu seiner Wohnung. Seine Wohnung, seine schöne Wohnung, gab es nicht mehr, sie war von einer Granate zerstört worden. Aber im Hof, der verschont geblieben war, stand seine Couch. Und auf der Couch lag ein Lümmel mit Holzpantoffeln und heraushängendem Hemd und schnarchte.

Doktor Freud ging zu ihm hin und weckte ihn. Was machst du hier? fragte er ihn.

Der Lümmel schaute ihn aus weitaufgerissenen Augen an. Ich suche Doktor Freud, sagte er.

Doktor Freud, das bin ich, sagte Doktor Freud.

Das soll wohl ein Scherz sein, gnädige Frau, antwortete der Lümmel.

Nun, sagte Doktor Freud, ich werde Ihnen etwas gestehen; heute habe ich beschlossen, das Aussehen einer meiner Patientinnen anzunehmen, deshalb bin ich so angezogen, deshalb bin ich Dora.

Dora, sagte der Lümmel, ich liebe dich doch. Und dabei umarmte er ihn. Doktor Freud war sehr verwirrt und ließ sich auf die Couch fallen. Und in diesem Augenblick wachte er auf. Es war seine letzte Nacht, aber das wußte er nicht.

Die Personen, die in diesem Buch träumen

Dädalus Architekt und der erste Flieger, vielleicht ein Traum von uns.

Publius Ovidius Naso Er wurde 43 vor Christus in Sulmona geboren und wuchs in Rom auf, wo er Rhetorik studierte und verschiedene öffentliche Ämter bekleidete. Er war ein großer Dichter und ein ausgezeichneter Kenner der griechischen Kultur. In den *Metamorphosen* verherrlichte er Kaiser Augustus und beschrieb dessen Verwandlung in einen Stern. Wahrscheinlich wegen seiner Verwicklung in einen Skandal am Hof fand seine Laufbahn ein Ende; per kaiserlichem Dekret wurde er nach Tomi am Schwarzen Meer verbannt. Und in Tomi starb er auch, 18 nach Christus, vereinsamt, trotz der Bittschreiben an Augustus und seinen Nachfolger Tiberius.

Lucius Apuleius 124–180 nach Christus. Er wurde in Madaura, Nordafrika, geboren, studierte Rhetorik in Karthago, Rom und Athen, ließ sich in den Kult der Mysterien einweihen. Als er die reiche Witwe Prudentilla heiratete, strengten deren Verwandte einen Prozeß gegen ihn an: Sie bezichtigten ihn, die Witwe mit teuflischen Künsten zur Heirat verleitet zu haben, um ihre Mitgift an sich zu bringen. Seinen Werken nach zu schließen, war er ein geheimnisvoller, zur Mystik und Esoterik neigender Mann. Sein bekanntestes Buch, *Der Goldesel*, ist eine Art Initiationsgeschichte, in der die Abenteuer des jungen Lucius erzählt werden, der in einen Esel verzaubert wird und schließlich wieder Menschengestalt zurückerlangt.

Cecco Angiolieri Siena, 1260–1312. Er war ein jähzorniger Toskaner, der gerne lästerte und fluchte. Er wurde mehrmals zu Strafen verurteilt und mußte mehrere Prozesse über sich ergehen lassen, vergeudete das väterliche Erbe, starb im Elend. Während die zeitgenössische Lyrik die engelhafte Frau besang, rühmte er die derbe Tochter eines Gerbers. Er kultivierte das Genre der Schmährede und der Beschimpfung, besang das Glücksspiel, den Wein, das Geld, den Haß auf seinen Vater und das Elend der Welt.

François Villon Er wurde 1431 geboren, das Datum seines Todes ist ungewiß. Eigentlich hieß er François de Montcorbier, nannte sich jedoch nach seinem Wohltäter, der Vaterstelle an ihm vertrat. Er führte ein wildes, unstetes Leben, tötete im Streit einen Priester, beteiligte sich an Diebstählen und Raubzügen. Er wurde zum Tod verurteilt, dann begnadigt und in die Verbannung geschickt. In seinen Balladen verewigte er den Jargon des Gaunermilieus, in dem er verkehrte; in *Le Testament* besingt er die Liebe und den Tod, den Haß, die Armut, den Hunger, das Verbrechen und die Reue.

François Rabelais 1494–1553. Er war zunächst Franziskaner- und dann Benediktinermönch, legte die Kutte ab und wurde ein berühmter Arzt am Hospital von Lyon, hielt sich jedoch nach wie vor an die Ordensregeln. Er war ein gebildeter Humanist und machte sich aufgrund seiner fortschrittlichen Ideen bei den zeitgenössischen Autoritäten unbeliebt. Vielleicht um sich für das Fasten schadlos zu halten, das ihm die Ordensregeln auferlegten, schrieb er ein berühmt gewordenes Buch, für das er zwei Riesen, Gargantua und Pantagruel, erfand, die zwei größten Freßsäcke und Genießer der abendländischen Literatur.

Michelangelo Merisi, genannt Caravaggio Geboren 1573 in Caravaggio, gestorben 1610 in Porto Ercole. Er verließ seinen Geburtsort, um nach Rom zu gehen, wo er in elenden Verhältnissen lebte, bis er vom Cavaliere d'Arpino aufgenommen wurde, der ihm seine ersten Aufträge erteilte. Nachdem er sein Talent an Stilleben erprobt hatte, begann er in seiner unnachahmlichen Technik, der Helldunkelmalerei, große dramatische Gemälde religiösen Inhalts zu malen. Die *Berufung des heiligen Matthäus* ist wahrscheinlich sein Hauptwerk. Er ließ sich oft auf Raufereien ein und war schnell mit dem Messer bei der Hand. Nachdem er in einem Streit einen Mann getötet hatte, floh er nach Neapel, dann nach Malta, wo er gefangengenommen wurde und aus dem Kerker fliehen konnte. Von gedungenen Mördern verfolgt und von einer Narbe im Gesicht gezeichnet, landete er schließlich in Porto Ercole, wo er am Fieber starb.

Francisco Goya y Lucientes Geboren 1746 in Saragossa, gestorben 1828 in Bordeaux. Er stammte aus armen Verhältnissen und starb als armer Mann. Studierte Malerei in Madrid, reiste nach Italien, wo er Rom und Venedig besuchte. Er war ein Günstling des spanischen Hofes, fiel jedoch in Ungnade, hatte galante Abenteuer und wurde bitter enttäuscht. Er wurde von der Herzogin von Alba protegiert, die er auf seinen Gemälden verewigte. Hin und wieder wurde er von Wahnsinn heimgesucht. Mit seinen 1799 entstandenen *Caprichos* handelte er sich einen Prozeß bei der Inquisition ein. Er malte schreckliche Visionen, die Katastrophen des Krieges und das Leid der Menschen.

Samuel Taylor Coleridge 1772–1834. Er studierte in Cambridge, brach das Studium jedoch vorzeitig ab. Aus Liebeskummer trat er unter dem falschen Namen Silas Tomkyn Comberbacke einem Kavallerieregiment bei und wurde von seinem Bruder freigekauft. Die Sehnsucht nach Utopie bestimmte sein Leben: Er hing der Religion der Unitarier an und begründete die »Pantisokratie«, ein kommunistisches Projekt, das die Gleichheit der Menschen anstrebte. Mit Hilfe des Opiums, dem er verfallen war, lernte er die künstlichen Paradiese kennen, aber im Gegensatz zu seinem Freund De Quincey rühmte er sich nie seines Lasters und frönte ihm in aller Stille. Der Visionär, Träumer und Metaphysiker hat uns unter anderem ein eindrucksvolles Wahngebilde in Form einer Ballade hinterlassen, *The Rime of the Ancient Mariner.*

Giacomo Leopardi Recanati 1798, Neapel 1837. Er stammte aus altem Adelsgeschlecht, betrieb in der väterlichen Bibliothek eifrig Studien auf dem Gebiet der Naturwissenschaften, der Philosophie und der klassischen Philologie, fühlte sich im Gefängnis seines Körpers und seines Geistes gefangen. Er haßte die Enge der Provinz, in der er aufgewachsen war, haßte Engstirnigkeit und Kleinlichkeit, liebte die Kunst, die Wissenschaft, das aufgeklärte Denken, bürgerliches Engagement. Er war ein ausgezeichneter Philologe, ein verbitterter Philosoph und ein bedeutender Dichter. Er besang die Liebe, die Vergänglichkeit, das Unglück der Menschen, die Unendlichkeit und den Mond.

Carlo Collodi Er hieß eigentlich Carlo Lorenzini, wurde 1826 in Collodi in der Toskana geboren und starb 1890 in Florenz. Er war ein glühender Verfechter der Ideen Mazzinis, nahm an den militärischen Feldzügen des Risorgimento teil, liebte die Freiheit und die Unabhängigkeit, mußte jedoch ab 1859 für die toskanische Regierung als Theaterzensor arbeiten. Er war ein mürrischer, einsamer Mensch, der gerne zuviel aß und trank. Er litt an Rheuma, manischen Zuständen und Schlaflosigkeit. Einer Holzpuppe verhalf er zu Unsterblichkeit.

Robert Louis Stevenson Er wurde 1850 in Edinburgh geboren. Da seine Gesundheit angegriffen war, stand seine Jugend im Zeichen von langen Krankheiten und nicht enden wollenden Zeiten der Rekonvaleszenz. Er war lungenkrank und starb an Tuberkulose. Er bereiste Europa, die Vereinigten Staaten und den Pazifik. *Die Schatzinsel* ist sein berühmtestes Buch. Zum Sterben wählte er die entlegene Samoa-Insel Upolo, wo er auf dem Gipfel eines Berges begraben wurde. Er war vierundvierzig Jahre alt.

Arthur Rimbaud Geboren 1854 in Charleville, gestorben 1891 in Marseille. In einer sehr strengen, bigotten und konservativen Familie aufgewachsen, floh er mit sechzehn Jahren nach Paris und nahm an der Kommune teil. Damit begann ein unstetes, ungeregeltes Leben, das aus Abenteuern und Wanderungen bestand. Wie ein Meteor tauchte er in der französischen Dichtung auf, die er mit visionären und geheimnisvollen lyrischen Versen bereicherte. Er war mit dem Dichter Paul Verlaine befreundet, der ihn im Streit mit dem Revolver verletzte. Schande und Krankheit blieben ihm nicht erspart. Er fuhr mit einem Zirkus quer durch Europa. Nachdem er das Dichten aufgegeben hatte, war er Schmuggler in

Abessinien. Wegen eines Tumors im Knie kehrte er nach Frankreich zurück, mußte sich das Bein amputieren lassen und starb im Krankenhaus von Marseille.

Anton Pawlowitsch Tschechow 1860–1904. Russischer Schriftsteller und Dramatiker. Er war Arzt, übte seinen Beruf aber nur während Hungersnöten und Epidemien aus. Er war lungenkrank. 1890 reiste er durch Sibirien, um eine Strafkolonie auf der entlegenen Insel Sachalin zu besuchen, und schrieb ein Buch über die schrecklichen Lebensbedingungen der Gefangenen. Er liebte eine Theaterschauspielerin. Schrieb Erzählungen, Dramen und Komödien. Seine Werke handeln vom alltäglichen Leben, von gewöhnlichen Leuten, von Armen, Kindern, von den kleinen großen Dingen des Lebens.

Claude-Achille Debussy Saint-Germain-en-Laye 1862, Paris 1918. Er studierte bei den Meistern Marmontel und Guiraud, hielt sich als Preisträger des Prix de Rome drei Jahre in Rom in der Villa Medici auf, begeisterte sich zunächst für Wagner, wandte sich jedoch später von ihm ab. Bei der Weltausstellung in Paris entdeckte er die orientalische Musik, die ihn stark beeinflußte. Er liebte die Symbolisten, die Impressionisten, die Décadents. Er führte ein elegantes und zurückgezogenes Leben und widmete sich ausschließlich der Musik und der Kunst.

Henri de Toulouse-Lautrec Albi 1864, Malromé 1901. Er stammte aus altem französischem Adel, war Maler, Zeichner und Lithograph. Von mißgebildeter Gestalt, führte er in Paris ein unstetes, unglückliches und ausschweifendes Leben, verkehrte in Varietés, Vergnügungsetablissements und Bordellen. Er haßte Schulen und Akademien, zeichnete Clowns, Schauspieler, Tänzerinnen, Säufer, Prostituierte, das Laster, das Elend, die Einsamkeit.

Fernando Pessoa Lissabon 1888–1935. Er verlor früh den Vater, besuchte in Südafrika die Schule, wo sein Stiefvater portugiesischer Konsul war. Er glaubte stets von sich, ein Genie zu sein, und lebte in der Angst, wahnsinnig zu werden wie seine Großmutter väterlicherseits. Er wußte, daß er in mehrere Ichs aufgespalten war, und akzeptierte diese Tatsache sowohl in der Literatur als auch im Leben; er lieh seine Stimme vielen verschiedenen Dichtern, seinen Heteronymen, deren Meister Alberto Caeiro war, ein Mann von angegriffener Gesundheit, der mit einer alten Großtante in einem Landhaus im Ribatejo lebte. Er selbst lebte als Angestellter von Import-Export-Firmen, für die er als Übersetzer von Handelskorrespondenz tätig war. Er wohnte zumeist in bescheidenen gemieteten Zimmern. Mit Ophélia Queiroz, die als Stenotypistin in einem der Handelshäuser angestellt war, für die er arbeitete, ließ er sich ein einziges Mal in seinem Leben auf ein kurzes und intensives Liebesabenteuer ein. Der »triumphalste

Tag« seines Lebens war der 8. März 1914, als die Dichter, die in ihm existierten, zum erstenmal zu schreiben begannen.

Wladimir Majakowski 1893 in einem Dorf in Georgien geboren, studierte er Malerei, Architektur und Bildhauerei. Trat als ganz junger Mann der geheimen bolschewistischen Partei bei und kam ins Gefängnis. Begeistert von den Ideen der Moderne, wurde er bald der führende Kopf der Futuristen und unternahm mit der Lokomotive eine Tournee durch Rußland, bei der er einen gelben Kittel trug. Er war ein überzeugter Verfechter der bolschewistischen Revolution und bekleidete wichtige Ämter in den Kreisen der revolutionären Künstler. Er war Organisator, Propagandist, zeichnete Plakate und schrieb zornige und heroische Gedichte. 1925 veröffentlichte er ein mißlungenes Gedicht zu Ehren Lenins. Aber in seinem Land brachen schlechte Zeiten für avantgardistische Künstler an. Enttäuscht und verängstigt, wurde er Opfer einer schweren Zwangsneurose. Er wusch sich ständig die Hände und verließ das Haus nur mit einer kleinen Seife in der Tasche. Die offizielle Version lautet, er habe sich 1930 mit einer Pistole erschossen.

Federico García Lorca Er wurde 1898 in der Provinz Granada geboren, studierte in Madrid und war mit den bedeutendsten Künstlern seiner Generation befreundet. Er war Dichter, aber auch Musiker, Maler und Regisseur. 1932 betraute ihn die Regierung der spanischen Republik mit der Aufgabe, eine Theatergruppe zu gründen, die die Klassiker unters Volk bringen sollte. So entstand »La Barraca«, eine Art Thespiskarren, mit dem Lorca durch ganz Spanien fuhr. 1936 gründete er den Verband der antifaschistischen Intellektuellen. Im *Cante jondo* verherrlichte er wie fast in allen seinen Werken die Tradition der andalusischen Zigeuner, ihre Lieder und Leidenschaften. 1936 wurde er von franchistischen Gendarmen in der Nähe Granadas ermordet.

Sigmund Freud Freiberg 1856, London 1939. Er war Nervenarzt. Zunächst beschäftigte er sich mit der Hysterie und Charcots Hypnoseverfahren. Dann deutete er die Träume der Menschen (*Die Traumdeutung*, 1900), in der Absicht, in ihnen den Schlüssel zu unserem nicht aus der Welt zu schaffenden Leid zu finden. Er behauptete, der Mensch trage ein geheimnisvolles Gebilde in sich, das er als das Unbewußte bezeichnete. Seine Fallstudien können als einfallsreiche Romane gelesen werden. Es, Ich und Über-Ich sind seine Dreifaltigkeit. Und vielleicht auch die unsere.

Inhalt

Antonio Tabucchi im dtv

»Tabucchi webt ein Gespinst von ›suspense‹, in dem man sich beim Lesen gerne verfängt.«
Barbara von Becker in der ›Zeit‹

Indisches Nachtstück

ISBN 3-423-**11952**-7

Auf den Spuren eines Mannes, der auf geheimnisvolle Weise in Indien verschollen ist. Forscht der Autor nach seinem eigenen Ich oder nach einer wirklichen Person?

Der Rand des Horizonts
Roman

ISBN 3-423-**12302**-8

In der Leichenhalle wird ein junger Mann eingeliefert, der bei einer Hausdurchsuchung erschossen wurde. Amateurdetektiv Spino will herausfinden, wer der Tote war …

Erklärt Pereira
Eine Zeugenaussage

ISBN 3-423-**12424**-5

Pereira, ein in die Jahre gekommener, politisch uninteressierter Lokalreporter, gerät unversehens auf die Seite des Widerstandes gegen Salazar …

Kleine Mißverständnisse ohne Bedeutung
Erzählungen

ISBN 3-423-**12502**-0

Lissabonner Requiem
Eine Halluzination

ISBN 3-423-**12614**-0

Eine hinreißende Liebeserklärung an Lissabon.

Der verschwundene Kopf des Damasceno Monteiro
Roman

ISBN 3-423-**12671**-X

Im Park liegt eine Leiche ohne Kopf! Reporter Firmino wird nach Porto geschickt, um das Verbrechen aufzuklären …

Träume von Träumen
Erzählungen

ISBN 3-423-**12806**-2

Das Umkehrspiel
Erzählungen

ISBN 3-423-**12851**-8

Der schwarze Engel
Erzählungen

ISBN 3-423-**12903**-4

Es wird immer später
Roman in Briefform

ISBN 3-423-**13206**-X

Alle Titel wurden übersetzt von Karin Fleischanderl